列而生輝。詩鐘聯語，增加了廟院宅宇楹柱上藝術美，名勝題壁的詩，更增加勝地的佳話和情趣。詩、書、畫的結合，成為中國人生活上特有的藝術表現。同時，詩歌尚具有實用性的價值，詩可以歌頌盛德至情，用於朋友的贈答送別，增進人際的關係。

然而詩人是一種特殊的行業，他專責才華與情感，最容易贏取人們的真心；自古以來，詩人的行業便是一項奇異的職業，他專責智慧，講述高智慧的語言。誠如鄭愁予在〈野店〉所說的：「是誰傳下這詩人的行業，黃昏裏掛起一盞燈。」詩人便是個智者，開發心靈世界的工程師。

近幾年來，我將讀詩的心得，寫成文章，挑選其中的十二篇，有關詩詞的美讀與朗誦，有關詩歌的詩趣與詩境，有關樂府詩的研究與分析，取名為《品詩吟詩》，希望你也能喜歡它。

民國七十八年三月於師大

目次

品詩與吟詩

一　開場白

學詩是一件極愉快的事，它與工作成效無關，與學業成績無關，更與升學考試無關；它純然是一種興趣的培養，與日常生活的情趣結合，就如同欣賞一幅畫，聽一段音樂，觀賞一項表演，是那麼自然，那麼調和的事。如果我們以這種心情來品詩、吟詩，會覺得學詩好比到淡水河去散步，到陽明山去看花一樣愉快，也會深深體會到詩中情意眞，詩中歲月長，而感到無比的賞心樂事了。

因此在忙碌的生活中，在繁重的工作下，偶然翻閱一首詩，一闋詞，或許吟誦其中的一些佳句，如：「在山泉水清，出山泉水濁。」（杜甫詩）「衣帶漸寬終不悔，爲伊消得人憔悴。」

(柳永詞)在生活中,是那麼自在,那麼得意,是心靈中一片沒有污染的天空。偶爾在詩中,獲得一些啓示,一些參悟,那種陶醉和喜悅,就如陶淵明所說的:「此中有眞意,欲辨已忘言。」

二 品詩三昧

讀詩跟看書不同,不僅用眼睛去看,而要用口去念、去吟;寫詩也是一樣,寫好了,念一念,吟一吟,便知順當與否?好壞立辨。中國詩歌都很短,是精美的語言,精緻的文學,只是看一遍,是無法了解箇中的三昧,因此讀詩是要品詩,才能品出其中的奧妙。

如何品詩?全憑直觀。古人詩話中,討論這項問題,多至汗牛充棟。我們不妨從三個要素去品詩:第一要眞,第二要趣味,第三要聯想。

所謂的眞,便是情感的眞,景物的眞,王國維的《人間詞話》,便是依據這個條件,建立他的「境界」說。情感的眞,他引尼采的話:「吾愛其血書。」又說:「喜怒哀樂也是一種境界。」而景物的眞,他又提出「寫景在目」的條件,而且要達到情景交融的境地,不是情、景分割處理,而是變成情景交會的有機體。

其次,詩要有「趣味」,也就是詩趣。從晚唐司空圖的《二十四詩品》,到南宋嚴羽的《滄浪詩話》,清王士禎的《漁洋詩話》,袁枚的《隨園詩話》,都是主張詩要有趣味。只是各人的措詞不同，或用「味外之旨」，或用「興趣」、「神韻」、「性靈」等，但要求「言有盡而意無窮」的效果是一致的。

詩趣的由來，《東坡志林》裏提到「奇趣」，淸人吳喬的《圍爐詩話》便分析詩趣的產生，是詩人寫些「反常而合道」的話。詩人寫詩，是講些反常的話，但合乎道理。因此，「獨釣寒江雪」、「月落烏啼霜滿天」、「朝辭白帝彩雲間」是詩，而「獨釣寒江魚」、「月落烏啼霜滿地」、「朝辭白帝碼頭間」，便是徒具詩的形式，不是詩，而是散文了。散文的寫法，是「不反常而合道」，依事實鋪敍，合情合理。至於不通的詩文，是「反常而不合道」，那是亂寫、亂談，如「蛙翻白出闊，蚓死紫之長」，「狗爬到樹上開花」，「四十座的流星雨」之類不通的詩句。

詩趣又可分爲情趣、畫趣、理趣、諧趣、拙趣和禪趣六大類，而一首詩中，往往綜合了幾種詩趣，決不是單一趣味的呈現。就拿漢樂府〈江南〉來說吧：

> 江南可採蓮，蓮葉何田田；魚戲蓮葉間，魚戲蓮葉東，魚戲蓮葉西，魚戲蓮葉南，魚戲蓮葉北。

前兩句是畫趣，「田田」二字形容蓮葉的形狀，是圖象詩的寫法，比用「圈圈」、「點點」、

「圓圓」等形容詞都要好幾倍。後五句，用東西南北的排比，是諧趣，也是拙趣。

其次，詩要透過「聯想」，才能帶來美感。美是文學的第一義，詩歌更是精美的文學。詩的美，不僅是辭語造句音節的美，而是內容情意設景的美。古人寫詩，多用比興，今人論詩，却用意象，不外是透過聯想的作用，產生暗示或象徵的效果。

聯想作用是心靈活動的一種，在寫作上，是由甲聯想到乙，或由乙暗示到甲，因爲甲與乙二者在形貌上或性質上有相似點，經過聯想作用，使二者聯鎖在一起。例如李白的〈靜夜思〉：「牀前明月光，疑是地上霜。」甲是明月光，乙是地上霜，甲乙二者的顏色相似，詩人將月光比做霜，便是象徵的效果，而且霜的悽寒與思鄉的淒苦有暗示作用，也就達到情景交融的境界了。又如詩人看到落花，聯想的作用便多彩多姿，杜牧的〈金谷園詩〉：「日暮東風怨啼鳥，落花猶似墜樓人。」用落花暗示金谷園中綠珠的墜樓；杜甫的〈江南逢李龜年詩〉：「正是江南好風景，落花時節又逢君。」用落花時節暗示在流亡失意的期間。袁枚的〈落花詩〉八首，用落花暗示古代紅顏薄命的女子，第二首後四句：「空將西子沈吳沼，誰贖文姬返漢關；請莫啼煙兼泣露，問渠何事到人間?」暮春花落，啼煙泣露，暗示西施和蔡琰（文姬）的下場。

品詩三昧，是體察詩中情景的眞，詩趣的領悟，聯想的移情作用，使三者交融在一首詩中，成爲一個完整的藝術品。

三　吟詩是聲情的雕刻

前人課童蒙，教兒童讀詩，清蘅塘退士（孫洙）在〈唐詩三百首題辭〉中，曾引諺語云：「熟讀唐詩三百首，不會作詩也會吟。」吟詩的先決條件，是要把詩熟讀，透過吟詠諷誦，將情意表達出來，以達「脣吻遒會，情靈搖蕩」的效果。

古人稱讀詩、誦詩、吟詩、唱詩、弦詩、舞詩爲美讀，今人則稱之爲朗誦，美讀和朗誦，只是古今詞語的不同，它的內涵是一致的，就是將詩清楚的吟讀出來，達到聲情處理完美的境界。因此吟詩、讀詩，便是聲情的雕刻，聲音的出版。

前人對如何美讀詩歌，也有詳盡的探討，如〈詩大序〉中，將詩的美讀分三個層次：即徒誦、詠歌、舞蹈。子夏的〈詩大序〉云：

> 詩者，志之所之也，在心為志，發言為詩。情動於中而形於言，言之不足，故嗟歎之；嗟歎之不足，故詠歌之；詠歌之不足，不知手之舞之，足之蹈之也。

讀詩的第一層次是：「情動於中而形於言，言之不足，故嗟歎之。」當讀詩時，情感在心中鼓蕩，然後透過言語來表達，當言語不足以表達時，可以藉拉長語調來表達情感。因此讀詩的第一層次，包括了「直讀」和「徒誦」兩種方式。直讀是讀一遍，或念一遍，徒誦是拉長語調的誦讀。「嗟歎」不是歎氣，是延聲引曼的誦讀。

讀詩的第二層次是：「嗟歎之不足，故詠歌之。」如果拉長語調或延聲引曼來誦讀，還不足表達詩中的情意，那就得進入第二層次，採用吟唱的方式來表達。「吟唱」詩歌，便得有曲譜，因此詩有詩的樂譜，詞和曲，便得依詞調和曲調，如〈菩薩蠻〉、〈浪淘沙〉、〈蘇幕遮〉等是詞調，〈西江月〉、〈天淨沙〉、〈水仙子〉等是曲調。於是詩與歌結合，成爲音樂文學。

讀詩的第三層次是：「詠歌之不足，不知手之舞之，足之蹈之也。」如果詠歌還不足以表達詩中的情意時，可以配以肢體語言，載歌載舞來表達。手舞足蹈是「舞蹈」，借手足體態，臉部表情來幫助詩歌情意的表達。其實詩的發展，最初是詩、樂、舞三者綜合的藝術，後代分工愈細，將詩與樂、舞分離，以爲詩與歌舞無關，是錯誤的導向。

從上所述，詩的美讀，有直讀、徒誦、吟唱、舞蹈等不同方式的變化，且可交互運用，使徒誦爲謠謠，吟唱爲歌行，弦歌爲舞曲，雜弄爲戲曲。同時，尚可運用詩語和聲情的關係，使詩的吟誦多一些變化，如套語、趁韻、頂眞、諧隱、對口、疊誦、輪誦、幫腔、滾唱等技巧的運用，使詩的美讀，愈爲多彩多姿。

目前詩的美讀，我們尙停留在國語文的詩歌教學上，甚至還有些人存有排斥感，以爲詩文美讀或新詩朗誦，會使人聽了起雞皮疙瘩，不寒而慄。其實無論讀詩誦詩，吟詩唱詩，都要要求聲調的鏗鏘悅耳，語調的自然流利，只有以最眞實的聲音，配以純熟的技巧，才是最適當的美讀了。將來我們希望吟詩能擴大應用，尙可與大衆生活結合在一起。就以日本爲例，他們在各地區都有漢詩吟社的組織，並可統計出吟詩的人口來，以大坂一地爲例，吟詩人口多達五十餘萬人。他們對漢詩的吟誦，是配合早覺會的劍舞、扇舞、巾舞等健身活動，幾乎把吟詩視爲生活的一部分，把吟詩與保健強身結合成一體，是值得我們借鏡的。

四　讀詩吟詩上的一些問題

讀詩吟詩是聲音的表達，牽涉到語言的問題，古人使用官話或方言來讀詩，今人則使用國語或方言來讀詩，如果用在敎學上，最好是採用國語。接着用國語讀詩，便引起讀音和語音的爭執，其實讀古典的詩詞或文章，原則上，一律用讀音，不用語音；換言之，讀白話文的作品，一律用語音，不用讀音。其次，我國詩詞曲的特色，強調入聲字的重要性，但國語中卻沒有入聲字，同樣元曲中的北曲也是沒有入聲字的，遇到詩詞中的入聲字，我們要將它的聲調讀成短促急收藏，不宜拉長聲調讀成平聲。

古典詩的徒誦，是拉長聲調，配合節奏來誦讀，注重咬字吐詞的淸晰婉轉，可以自由發揮，沒有甚麼嚴格的限制，如果適度地加些腔調，也能引來美感，增加悅耳的情趣。

至於吟唱，必然要依曲譜，曲譜來源的問題，值得我們尋繹和選擇。詩、詞、曲的曲譜，韻味各有不同，我們不能拿當代的流行歌曲或通俗的戲曲來吟唱古典詩詞。詩詞曲譜的來源，大致有三方面的來源：一是依據古代所留傳下來的古譜，如朱熹的《開元詩譜》、敦煌出土的《琵琶譜樂譜》、姜夔的《白石道人俗字譜》、魏皓的《魏氏樂譜》、《九宮大成譜》、《碎金詞譜》、《集成曲譜》與《粟曲譜》等。這些可靠的古譜必須經過專家譯譜的整理，才能應用。例如《魏氏樂譜》，是用格子譜，每格兩拍，採用工尺譜，今舉王維的〈陽關曲〉為例：

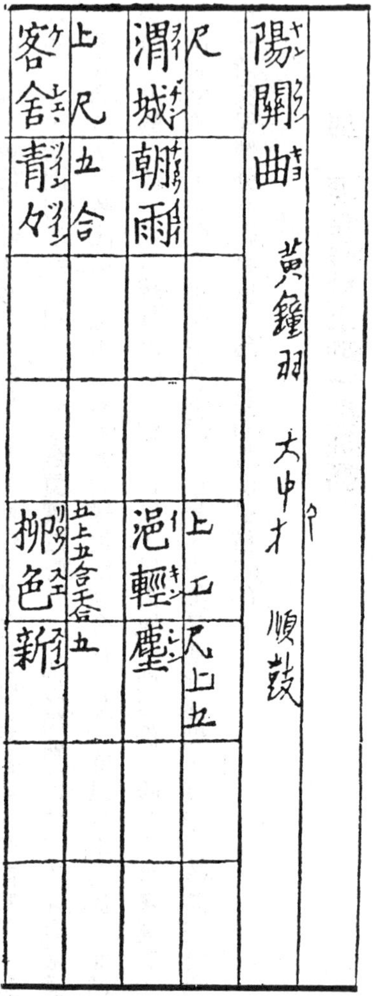

陽關曲　黄鐘羽　大中才　順鼓

尺　渭城朝雨　上工尺上五浥輕塵

上尺五合　客舍青青　五上五合五合五　柳色新

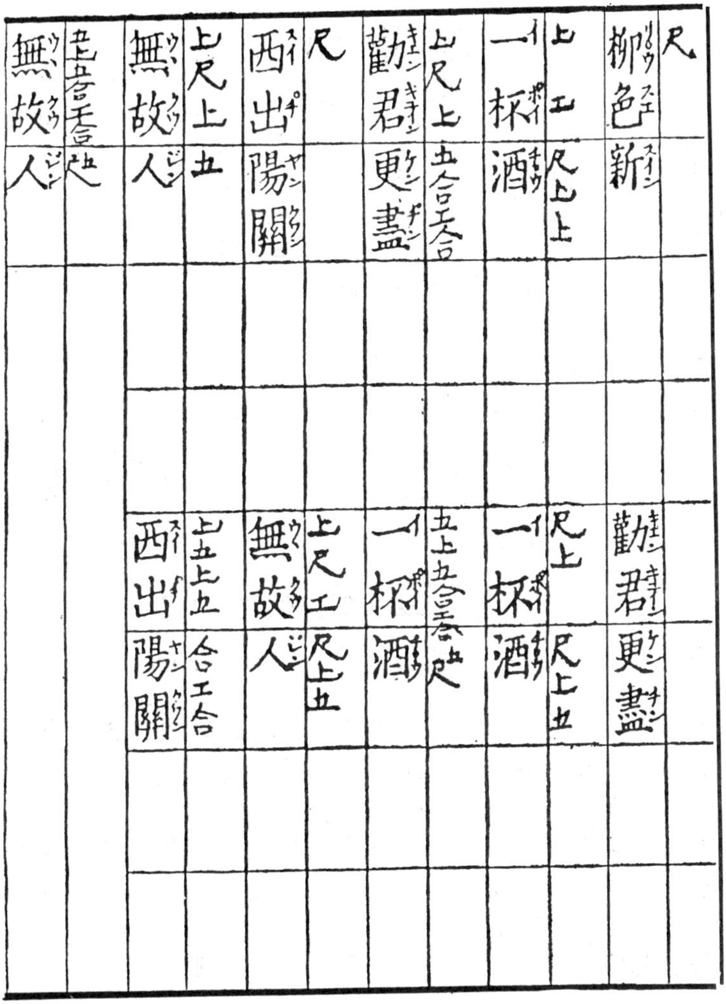

工尺譜	歌詞
尺	柳(リウ)色(スエ)新(スイン)
上工 尺上上	一(イ)杯(ポイ)酒(チウ)
上尺上 五合工合	勸(キユン)君(キユン)更(ケン)盡(チン)
尺	西(スイ)出(チ)陽(ヤン)關(クワン)
上尺上 五	無(ウ)故(クウ)人(ジン)
五上五合工合 五尺	無(ウ)故(クウ)人(ジン)

工尺譜	歌詞
	勸(キユン)君(キユン)更(ケン)盡(チン)
尺上 尺上五	一(イ)杯(ポイ)酒(チウ)
五上五合工合五尺	一(イ)杯(ポイ)酒(チウ)
上尺工 尺上五	無(ウ)故(ク)人(ジン)
上五上五 合工合	西(スイ)出(チ)陽(ヤン)關(クワン)

G 2/4

陽關曲（七絕樂府）

王維 詩

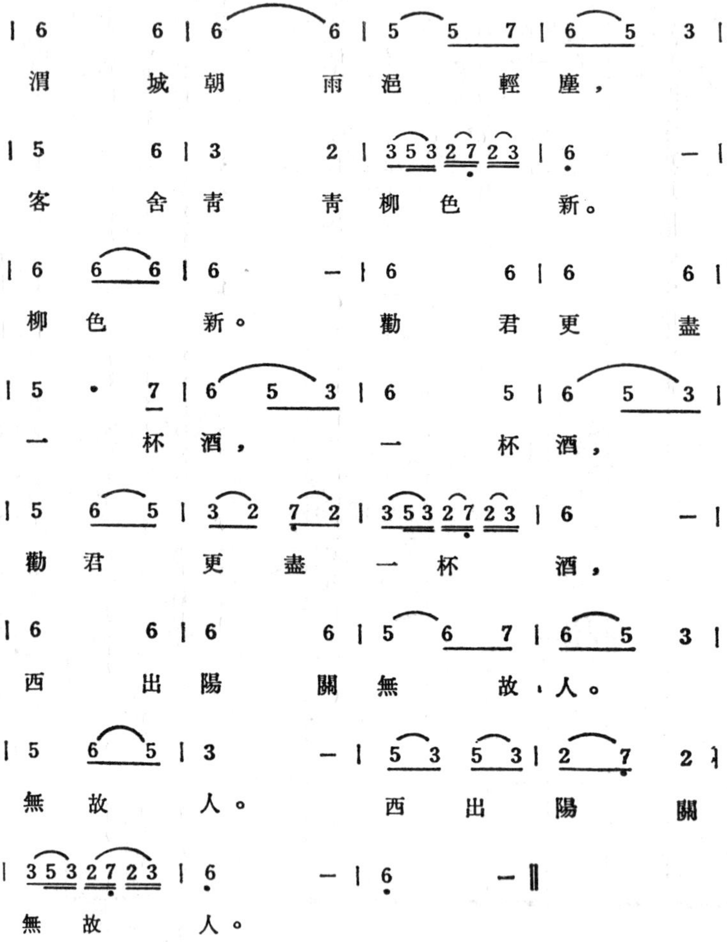

| 6 6 | 6 6 | 5 5 7 | 6 5 3 |
渭 城 朝 雨 浥 輕 塵，

| 5 6 | 3 2 | 353 27 23 | 6 — |
客 舍 青 青 柳 色 新。

| 6 6 6 | 6 — | 6 6 | 6 6 |
柳 色 新。 勸 君 更 盡

| 5 · 7 | 6 5 3 | 6 5 | 6 5 3 |
一 杯 酒， 一 杯 酒，

| 5 6 5 | 3 2 7 2 | 353 27 23 | 6 — |
勸 君 更 盡 一 杯 酒，

| 6 6 | 6 6 | 5 6 7 | 6 5 3 |
西 出 陽 關 無 故 人。

| 5 6 5 | 3 — | 5 3 5 3 | 2 7 2 |
無 故 人。 西 出 陽 關

| 353 27 23 | 6 — | 6 — ‖
無 故 人。

又如清謝元淮所編輯的《碎金詞譜》，收有白居易的長短句〈花非花〉，今將原譜及翻譜開列於下：

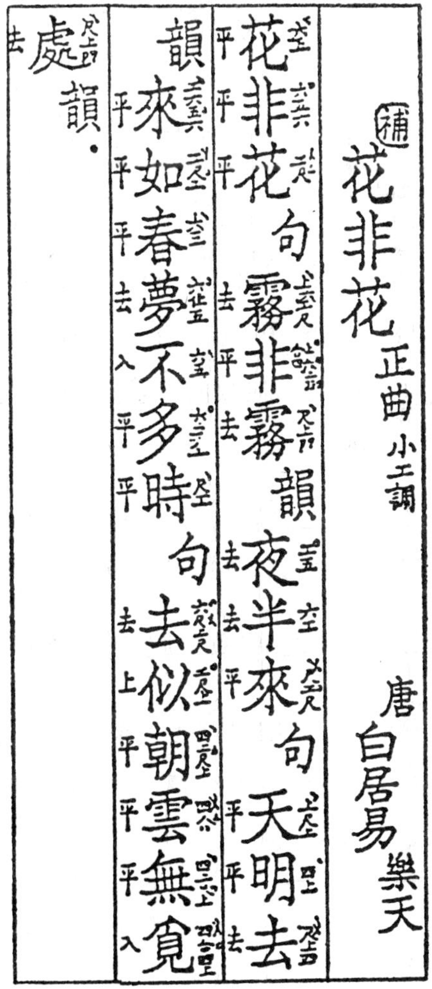

（補）花非花 正曲 小工調

唐 白居易 樂天

花非花句 霧非霧韻 夜半來句 天明去

平平平 去平去 去去平 平平去

韻 來如春夢不多時句 去似朝雲無覓

平平平去入平平 去上平平平入

處韻。

去

D調 4／4

花非花

唐 白居易詞
譯自碎金詞譜

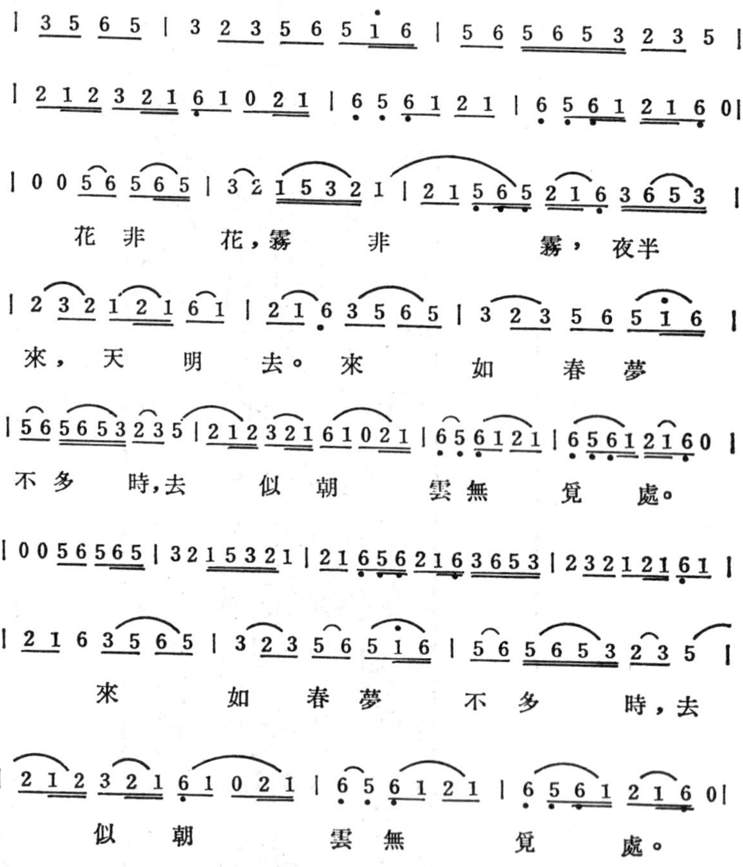

| 3 5 6 5 | 3 2 3 5 6 5 1 6 | 5 6 5 6 5 3 2 3 5 |

| 2 1 2 3 2 1 6 1 0 2 1 | 6 5 6 1 2 1 | 6 5 6 1 2 1 6 0 |

| 0 0 5 6 5 6 5 | 3 2 1 5 3 2 1 | 2 1 5 6 5 2 1 6 3 6 5 3 |
花 非 花，霧 非 霧，夜半

| 2 3 2 1 2 1 6 1 | 2 1 6 3 5 6 5 | 3 2 3 5 6 5 1 6 |
來，天 明 去。來 如 春 夢

| 5 6 5 6 5 3 2 3 5 | 2 1 2 3 2 1 6 1 0 2 1 | 6 5 6 1 2 1 | 6 5 6 1 2 1 6 0 |
不 多 時，去 似 朝 雲 無 覓 處。

| 0 0 5 6 5 6 5 | 3 2 1 5 3 2 1 | 2 1 6 5 6 2 1 6 3 6 5 3 | 2 3 2 1 2 1 6 1 |

| 2 1 6 3 5 6 5 | 3 2 3 5 6 5 1 6 | 5 6 5 6 5 3 2 3 5 |
來 如 春 夢 不 多 時，去

| 2 1 2 3 2 1 6 1 0 2 1 | 6 5 6 1 2 1 | 6 5 6 1 2 1 6 0 |
似 朝 雲 無 覓 處。

其次是依據民間詩社所傳唱的調子，從傳唱的聲音來記譜，便如拙編的《唐詩朗誦》（東大圖書公司出版），其中有「天籟調」、「江西調」、「東明調」、「宜蘭酒令」等，便是從各詩社採來的詩聲記譜而成的，仍然保存古人口耳相傳吟詩的規定和風貌。其次是現代作曲家爲古詩詞所作的曲調，也能保有民族詩樂的韻味。如果我們能從古譜中，有系統的蒐集與整理，必能發揚民族詩樂，使其從傳統到現代，開拓當代的詩樂，發揮詩敎的功能。

五　結論

權力使人腐化，但詩歌卻使人淨化。讀詩、學詩，畢竟是開拓心靈世界的事業，寫詩、吟詩，與大自然的清泉鳥語，風篁雨聲，同是大自然的脈動，宇宙間的天籟。

——民國七十六年四月《國文天地》二十四期

詩歌的詩趣與朗誦

一

自古以來，我國便重視詩歌教學，遠在春秋時代，孔子（西元前五五一—四七九）提倡弦歌教育，作爲涵養德性，變化氣質，以達修己安人的最高教育的理想。在《論語》中，孔子論詩的章句很多：孔子到子游治理的武城去，聞弦歌之聲，說明了風俗的移易，禮樂的教化，要靠弦歌教育。又孔子與弟子侍坐，要弟子們各自說出心中的志願；孔子特別激賞曾點的抱負：「莫春者，春服既成，冠者五六人，童子六七人，浴乎沂，風乎舞雩，詠而歸。」這一章說明了弦歌教育的內涵，在於生活教育，也就是實施生動活潑的教育。

近些年來，國內普遍重視詩歌教學，培養學生對國語文學習的興趣，涵養性情，淨化心靈，以達國語文教學的效果。同時，提倡詩歌教學，也是在宏揚中華文化，建立興觀羣怨、溫柔敦厚的傳統詩教，使傳統與現代相承接，開展以禮樂教化革新社會，消弭暴戾之氣，發揮民胞物與的愛心，宏揚人性，促進祥和。詩歌教學的功能，就如〈詩大序〉上所說的：「先王以是經夫婦，成孝敬，厚人倫，美教化，移風俗。」

二

詩歌的本質，在於能抒寫性情，歷代詩話中論詩，無論是主張「言志」或「緣情」，都認爲詩歌的本質，在於趣味。有趣味的詩歌，便是上品；不然，便是下品，或不入品。

詩歌中的趣味，可簡稱爲「詩趣」。以詩趣論詩，因緣於子夏在〈詩大序〉中論詩，有六義的說法：風、雅、頌，詩歌體裁的區分；賦、比、興，詩歌作法的分別。賦是舖陳直敍，使用精美的語言，以達濃縮的效果；比是「比方於物」，興是「託事於物」，使用彎曲的語言，以達象徵和暗示的效果。因此，在詩歌的作法上，無論使用那種技巧，它的目的，不外在情意的表達上，能具有濃厚的趣味。

其後，承繼這項理論的，有晚唐司空圖的《二十四詩品》，他將佛學的道理，介入詩論中，主張含蓄，所謂「不着一字，盡得風流」，講求「味外之味」。宋人嚴羽的《滄浪詩話》，更是以禪喻詩，主妙悟，重興趣，於是詩論更加的玄妙而神秘化。清代王士禎的《漁洋詩話》，主神韻；袁枚的《隨園詩話》、《帶經堂詩話》，重性靈，不外主張寫詩要自然流麗，直據胸臆。近人王國維的《人間詞話》，憑直觀，倡境界說，認爲寫詩，要寫眞景物眞感情的，才是有境界。縱觀歷代各家對詩歌的論點雖然不一，但他們對詩歌本質的看法，却是一致的。他們認爲詩歌要具有絃外之音，以達言有盡而意無窮的效果。那關鍵便在於「詩趣」。

三

今人論詩，不妨以詩趣爲依歸。詩趣約可歸納爲六大類：卽情趣、畫趣、理趣、拙趣、諧趣和禪趣。陸機〈文賦〉上說：「詩緣情而綺靡。」嚴羽《滄浪詩話》中云：「詩者吟詠情性也。」情是詩歌的原動力，而詩歌寫情的部分，要求眞摯，帶有佳趣。例如：

春眠不覺曉，處處聞啼鳥；夜來風雨聲，花落知多少？孟浩然〈春曉〉

曾經滄海難為水，除却巫山不是雲；屢過花叢懶回顧，半緣修道半緣君。元稹〈離思〉

孟浩然的〈春曉〉用聽覺意象寫成，「花落知多少」，他都關心，這是閒情之趣，更含有悲天憫人的懷抱。不然，「風乍起，吹皺一池春水」，干卿何事？其次，元稹的〈離思〉是寫離愁，「曾經滄海」一聯，眞是濃情蜜意到「可意會不可言傳」的境界，極富情趣。

詩歌有繪畫性，東坡評王維的詩和畫云：「詩中有畫，畫中有詩。」王國維謂「寫景在目」。都是指詩歌中必須具有「畫趣」。畫趣的構成，又有「寫境」和「造境」的分別，這是詩人使用視覺意象或綜合意象所致。例如：

千里鶯啼綠映紅，水村山郭酒旗風；南朝四百八十寺，多少樓臺煙雨中。杜牧〈江南春〉

枯籐老樹昏鴉，小橋流水人家，古道西風瘦馬，夕陽西下，斷腸人，在天涯。

馬致遠〈天淨沙〉

杜牧的〈江南春〉寫江南春天的景色，是寫眼前所見的景色，使用聽覺和視覺意象，構成一幅美的畫面，是有畫趣的詩。馬致遠的〈天淨沙〉是造境，綜合十種秋天凋落的意象，構成畫趣，暗示斷腸人流浪天涯的情景，又有情趣。詩中的畫趣，是使用意象構成的，不是運用文字排成的圖象詩，所以高妙。

詩歌中理趣的表現，在於說理精闢，不說教，不落言筌，帶有無限的玄機和哲理；同時要合乎天命流行，自然流露出「鳶飛魚躍」的天趣。所以理趣的表達，要求含蓄自然，具有多義性和寬度，才能達到意在言外的佳趣。例如：

白日依山盡，黃河入海流；欲窮千里目，更上一層樓。王之渙〈登鸛雀樓〉

橫看成嶺側成峯，遠近高低各不同；不識廬山真面目，只緣身在此山中。蘇軾〈題西林壁〉

這兩首的作法，如同出一機杼，前兩句都是寫眼前所見的景物，而有畫趣。後兩句便是理趣之所在，詩人將生活中所接觸的景象，透過想像而引申出一些哲理，這些哲理都具有深遠的含義，深入淺出，不但含蓄，且有絃外之音。如今這些多義性的詩句，大半已爲成語。如「更上一層樓」，不僅是再上一層樓，尙含有事物、道理、境界更進一步的提升。「不識廬山眞面目，只緣身在此山中。」不僅寫廬山的景色山勢多變，尙含有當局者迷，局外人往往比局中人更容易看出箇中眞相的意思。這便是詩歌中的理趣，在宋詩中，尤其普遍具有此特徵。

詩歌中的諧趣，最主要是來自諧音雙關語帶來的趣味，有時因文字遊戲，或排比組合，也能帶來趣味。同時民歌中常有笨拙的重出現象，也是詩歌中拙趣的一種。例如：

江南可採蓮，蓮葉何田田。魚戲蓮葉間；魚戲蓮葉東，魚戲蓮葉西，魚戲蓮葉南，魚戲蓮葉北。漢樂府〈江南〉

二樂堂前雙石盆，何年玉女洗頭盆；洗頭人去蓮花發，空有餘香滿舊盆。韓國慶州博物館前〈二樂堂石盆詩〉

漢樂府〈江南〉一詩，不但寫江南採蓮所見的美景，有畫趣，更以東西南北排比成趣，是爲諧趣。〈二樂堂石盆詩〉，除了極富情趣外，全詩用「盆」字押韻，是獨木橋體，也是諧趣的一種。其他如「東邊日出西邊雨、道是無晴却有晴」，晴諧情，諧音雙關語的使用，「也可以淸香」，從任何一字讀起，都成句子，或回文詩，都是屬於諧趣的技巧，表現詩歌的另一種趣味。

至於詩歌中的禪趣，是佛敎禪宗流行中國後，以禪入詩，使詩的領域擴大，才有禪趣。唐以後的詩，如王維、寒山子、白居易、蘇軾，或僧侶的詩，往往具有禪趣。禪是梵語禪那的譯音，含有智慧、靜慮的意思，在詩中含有智慧之言，或寧靜脫俗、自由無礙的境界，都可視爲禪趣。例如：

練的身形似鶴形，千株松下兩函經；我來問道無餘說，雲在青霄水在瓶。

李翺〈贈藥山惟儼詩〉

中歲頗好道，晚家南山陲。興來每獨往，勝事空自知。行到水窮處，坐看雲起時。偶然值林叟，談笑無還期。王維〈終南別業〉

依《景德傳燈錄》卷十四所載：李翺問藥山惟儼禪師有關道的所在，禪師答以「雲在天，水在瓶」。雲在青霄水在瓶，自然無礙；同時，雲與水，形狀雖然不同，但質性則一，用以比喻色與空，此二者的現象與本體，是可分也不可分，道無所不在，因此「我來問道無餘說，雲在青霄水在瓶」，有禪趣。王維的〈終南別業〉，「行到水窮處，坐看雲起時」，是極富智慧之言，有如陸游的「山窮水盡疑無路，柳暗花明又一村」，同具生機和禪趣，妙在終站也是起站；末聯「偶然值林叟，談笑無還期」，自由自在，無牽無掛，也是禪趣。禪趣不可說，要靠妙悟。

四

探討詩趣的由來，是詩人用眞摯無邪的心，對周遭的事物、自然的美景，產生聯想作用，通過想像力，造成情景交融的意境，構成詩趣。因此從小孩的談話中，經常能聽到天眞的話，使人發出會心的微笑，這便是詩趣的素材；同時在兒童詩中也可以察覺到。例如苗栗海寶國小何麗美的〈酒〉：

年輕時的媽媽，
像一瓶酒，
爸爸嚐一口就醉了。

又如：有一次，牙科醫生替一個小孩子看牙齒，醫生拿着一把小鏡在敲，一邊問：「那裏痛呀？是上牙牀，還是下牙牀？」那個小朋友答道：「不是哦，是樓上痛。」那醫生笑着敲他的上牙牀：「是樓上那一間房子痛呢？」這是很有詩趣的對話。

清人吳喬的《圍爐詩話》也曾論及詩趣的來由，他說：

子瞻曰：「詩以奇趣為宗，反常合道為趣。」此語最善。無奇趣何以為詩？反常而不合道是謂亂談，不反常而合道，則文章也。

寫詩所用的意象，要以「反常而合道」的方式表達，才有詩趣。如果「反常而不合道」，那就如「天空非常希臘」、「狗爬到樹上開花」，雖有趣，却是亂寫；「不反常而合道」，那是一般文章的寫法，不容易造成詩趣。

五

詩歌具有「辭情」和「聲情」兩部分。辭情是詩歌的內容，以詩趣爲主；聲情是詩歌的韻律，可以從詩歌朗誦來體會。

所謂詩歌朗誦，便是將一首詩歌，清楚明朗的讀誦或吟唱出來。一般人以爲朗誦是高聲的誦讀，其實「朗」的意義是明朗清楚的意思。古典詩詞朗誦，大抵分爲徒誦和吟唱兩種方式。徒誦的範圍很廣，舉凡默讀、耳語、講話、背書、誦讀、諷誦、吟哦，都是屬於徒誦的範圍；至於吟唱，包括了吟詠、行吟、歌唱、嘯歌或引吭高歌，只要有節奏可尋，有曲譜可據，便是屬於吟唱。何況徒誦和吟唱可以混合使用，加上配樂、配舞、道白、和聲、疊誦、滾誦、幫腔等，朗誦的變化，便何止千萬？

從古籍上記載，我們可以知道：周代的《詩經》三百篇皆可以弦歌，詩歌謠諺，皆可長言，即拉長聲調來誦讀，甚至詩、舞、樂成爲綜合的藝術。戰國時的《楚辭》，其中有「亂曰」、

「倡曰」、「少歌曰」，便告訴我們《楚辭》除了徒誦外，尙可以吟唱，而〈九歌〉便是巫覡祭祀用的歌舞曲。漢賦只能徒誦，因爲篇幅較長，宜誦而不宜歌。漢以後的樂府詩，本是合樂的民歌；至於古詩，是文人徒誦的詩。唐代的近體絕句，據薛用弱的《集異記》記載，有「旗亭畫壁」的故事，已證明可以吟唱；崔令欽的《敎坊記》和王灼的《碧雞漫志》說明唐人可唱的聲詩不少，如〈清平調〉、〈楊柳枝〉、〈竹枝詞〉、〈渭城曲〉，以及〈敦煌曲〉等曲子，都是唐人吟唱的小調或宮庭演唱的大曲。其後所發生的詞和曲，都是合樂的長短句，至今猶留存有詞牌或曲牌，是合樂後留下音樂的痕跡。因此，我國的詩歌，都是音樂文學。如今提倡詩歌朗誦，便是使音樂文學得以恢復其活潑動人的原貌。

古典詩詞的徒誦，首先要熟悉一首詩或一闋詞的內容，將全篇背熟，然後來徒誦它，才能以聲入情，將其中的情韻表現出來。其次，要注意氣勢的連接，平仄的鏗鏘，語調的變化，叶韻的延聲，使詩詞唸得有韻味。近體詩的美讀，對二四六的平仄聲的吟誦，要特別留意，遇到二四六的平聲字，可以延聲引曼，遇到仄聲字要頓挫帶過，因爲二四六是音節的關鍵字。古人寫詩，有「一三五不論，二四六分明」的論調，其實這也是配合朗誦的規則。此外古典詩詞很重視入聲字的聲調，凡遇入聲字，誦讀時要短促急收藏。然國語中沒有入聲，這是比較容易引起爭論的問題，我認爲依然要唸成短促的聲調，才能表現詩詞的情韻。其次，朗誦古典詩文，要用讀音，不用語音，這也是一般朗誦的常識。

至於古典詩詞的吟唱，可以從文籍古譜中整理出古人吟唱詩詞的曲譜。現存主要的古譜，有宋朱熹《儀禮經傳通解》中的〈開元詩譜〉十二首，宋姜夔的〈白石道人歌曲〉，明魏浩的《魏氏樂譜》，清和碩莊親王允祿的《九宮大成譜》，謝元淮的《碎金詞譜》，葉堂的《納書楹曲譜》，以及近人王季烈的《集成曲譜》，敦煌發現的《敦煌琵琶譜》。其中用律呂譜、俗字譜、工尺譜來記音階；用尺字調（C調）、小工調（D調）、凡字調（E調）、六字調（F調）、正工調（G調）、乙字調（A調）、上字調（B調）等來記調名；用板眼來記節拍，如一板一眼，等於四分之二的拍子，一板三眼，等於四分之四的拍子。大板便是休止符，贈板是多唱一拍，散板是唱者自己控制，不受拍子的約束。看懂古譜記音的符號，也就能唱古人的樂譜了。

如今民間詩社仍口耳相傳有古人吟詩的調子，因此各地吟詩，都有不同的調性。地方戲曲中，也有吟唱詩詞的曲調，這些是民間保存下來吟詩的方式，也有它傳統的價值。韓國和日本至今保留有唐人的雅樂，海內外老一輩的學人，也能隨興吟誦詩詞，如果我們從文獻資料上着手收集，應用到古典詩詞的朗誦上，更具有古風和民族文學的特色。因此「禮失求諸野」，也是朗誦可行的途徑之一。

詩歌本是音樂文學，我們借詩聲傳達彼此的心靈與情感，它提高了我們生活的品質，也美化了人生。詩歌是民族文化的動脈，也是中華文化的根源。

——民國七十一年二月《師大中等月刊》三十三卷第一期

中國詩詞古譜蒐集與整理

一　華夏的詩聲，民族的脈動

中華文化，精深博大，華夏的詩聲，民族的脈動。從先秦的《詩經》、《楚辭》，漢代的辭賦、樂府，魏晉南北朝的古詩、吳歌西曲，到唐代的詩，宋代的詞，元代的曲，以及近代的新詩，五千年來，源遠流長，品類繁多，一脈相承。

其間，詩歌的興盛，詩人的輩出，猶如四季開花，春紅夏綠，秋黃冬白，各有姿態，各有千秋。無論從詩歌內容方面的探討，或是從詩歌形式方面的分析，都有其極輝煌的成就，表現出中華文化的特質，中國文字的優美，民族音樂的異彩，以及東方民族的詩教和智慧。

我國詩歌原本是音樂文學，詩歌、歌舞、舞詩連稱，構成詩、樂、舞三者綜合的藝術。由於古代記音記舞的符號不一，歷代的時間久遠，使詩聲、詩樂、詩舞失傳，造成今人讀詩，只求意義性的感悟，而忽略音樂性的要妙；因此現代人讀古典詩，只能目到，而不再口到❶，更何遑要求吟詩、歌詩、舞詩？我們有見於傳統吟詩的式微，古樂的散佚，始致力倡導古典詩詞的吟誦，古譜的蒐集與整理，使華夏詩聲，再度爲國人所知悉、所熟聞。何況鄰邦如韓國、日本，尚保存有「唐代雅樂」❷與漢詩的傳統吟唱，而自稱文化上國、禮儀之邦的我國，怎能不加以維護和珍惜。我們不妨先從古典詩歌古譜的蒐集與整理著手，以恢復昨日的詩聲、詩樂、詩舞，進而開展明日民族詩歌的新里程。

二　詩歌的辭情在趣味，詩歌的聲情在美讀

大致而言，我國詩歌是合樂的音樂文學。詩歌可分兩大部分：一是辭情，一是聲情。詩歌的

❶宋人讀書主張三到：眼到、口到、心到。《朱子語類‧卷十》：「余嘗謂讀書有三到：心到、眼到、口到。心不在此，則眼看不仔細，心眼既不專一，却只漫浪誦讀，決不能記，記亦不能久也。三到之中，心到最急。」其後再增耳到、手到，合稱五到。

❷民國五十六年九月韓國國立國樂院訪華公演，演出節目有〈洛陽春〉、〈春鶯囀〉、〈抛毬樂〉等唐宋樂曲。民國六十二年日本天理大學「唐代雅樂部」訪華公演，演出節目有〈撥頭〉、〈蘭陵王〉等歌舞曲。

辭情是詩歌的意義性，在於情意的表達，要求做到言有盡而意無窮的效果。其中包括詩情、詩意、詩境的呈現，詩趣、畫趣、化境的尋求，以合乎吟詠性情，表達興趣爲主❸。詩歌的聲情是詩歌的音樂性，在於聲調的和諧，要求做到音韻的鏗鏘，以達抑揚諷誦、美讀的效果。

古人讀詩，稱爲「美讀」；今人讀詩，稱爲「朗誦」。詩歌朗誦，便是將詩歌的意義性和音樂性完美地結合，以合乎音樂文學的特色。詩歌單憑文字符號的記錄是平面的、靜態的；透過唇吻的適會，便成立體的、動態的了。詩歌朗誦著重情意的表達，音韻的和諧；情意的表達，是屬於文學性的，而音韻的和諧，却是屬於音樂性的。宋代鄭樵云：「樂以詩爲本，詩以聲爲用。」❹詩歌透過朗誦，便能做到音樂文學密切配合的效果。

詩歌怎樣美讀，怎樣朗誦？在〈詩大序〉上已有說明：

> 詩者，志之所之也。在心為志，發言為詩，情動於中而形於言；言之不足，故嗟歎之；嗟歎之不足，故詠歌之；詠歌之不足，不知手之舞之，足之蹈之也。

從這裡我們可以知道，詩歌的美讀可分三個層次：第一層次是徒誦，是詩聲，便是「言」和「嗟

❸見嚴羽《滄浪詩話・詩辯》。

❹見鄭樵《通志》。

歎」，舉凡默讀、耳語、說話、念書、誦讀、諷誦（背誦）、吟哦等皆屬此範圍。第二層次是吟唱，是詩樂，便是「詠歌」，包括行吟、吟詠、歌唱、嘯歌、引吭高歌，只要有曲譜可據，便是屬於吟唱。第三層次是踏歌，是詩舞，載歌載舞，配合舞蹈。因此詩歌朗誦包括徒誦、吟唱和舞蹈，何況三者可以混合使用，加上腔調、道白、和聲、送聲、疊唱、滾唱、幫腔、泛聲、引聲等[5]，詩歌朗誦的變化，便很複雜而多樣了。

從古籍記載：周代的《詩經》三百篇，皆可以誦讀，也可以弦歌、歌舞[6]。且詩歌謠諺，皆可長言，即拉長聲調來直讀或采讀。戰國時的《楚辭》，文中有「亂曰」、「倡曰」、「少歌曰」，便告訴我們《楚辭》除了徒誦外，尚可以吟唱，而〈九歌〉便是巫覡祭祀用的歌舞曲。漢賦只能徒誦，因爲篇幅較長的緣故，只宜誦而不宜歌。漢以後的樂府詩，大半是徒歌的謠或合樂的民歌；至於古詩，是文人徒誦的詩。唐代的絕句，據薛用弱的《集異記》記載，有「旗亭賭唱」的故事，已說明唐詩小令可唱；又唐人崔令欽的《教坊記》和敦煌發現的《敦煌曲》，唐人可唱的聲詩不少，其中尚含有舞曲，如〈清平調〉、〈楊柳枝〉、〈竹枝詞〉、〈渭城曲〉、

---

[5] 和聲、送聲，是吳歌西曲中最常用的唱法，配合詩中的主聲，外加衆聲疊和，加在詩中的稱爲和聲，加在詩末的稱爲送聲。滾唱、幫腔，爲民歌中常見的唱法，滾唱類似今人的數部合唱，以時差造成和諧的效果；幫腔是主聲之外，所加的答腔，以達臺上臺下合爲一體的效果。泛聲是辭少聲多，所添加無義的聲音，便是泛聲。

[6] 見《墨子》。

〈三臺〉、〈欵乃曲〉、〈破陣樂〉、〈大酺樂〉、〈伊州〉、〈涼州〉等，都是唐人吟唱的俗樂或宮庭演唱的雅樂，其中尚有佛曲、道曲，舞曲或戲弄。其後所發生的詞和曲，都是合樂的長短句，至今在標題上留存有詞牌或曲牌，是合樂後留下音樂的痕跡。因此，我國詩歌大半是音樂文學，我們提倡古典詩歌朗誦，便是使古典詩歌得以恢復其活潑生動的原貌。

三 古典詩歌古譜的蒐集

古典詩歌古譜的蒐集，可從文獻資料入手，但必須經過資料的考證工作，始具價值。文獻的「文」，是指古代的典籍，「獻」是指當今傳誦於人口的資料。

首先從「文」的資料談起。古代書籍中，記錄古人吟詩、唱詩、絃詩、樂詩、歌詩、舞詩的曲譜，爲數不少。今將現存主要的詩譜列舉於下：

(1)**敦煌的樂譜、舞譜、琵琶譜**：《敦煌卷》是清光緒二十五年（一八九九）在敦煌石室所發現唐五代人的寫本，約三萬卷。其中有《舞譜》一卷，伯希和編三五〇一號；《樂譜》一卷，伯希和編三八〇八號，存於巴黎，其解說可詳見日本林謙三著《敦煌琵琶譜的解讀研究》。有〈傾杯樂〉、〈西江月〉、〈心事子〉、〈伊州〉、〈水鼓子〉、〈急胡相問〉、〈長沙女引〉、〈撒金砂〉、〈營富〉等曲調。饒宗頤的《敦煌曲》也收輯有敦煌的舞譜和樂譜。如：《南歌子

舞譜》。（見圖1）

南歌子兩段慢二急三慢二合挼三拍舞据單急三中心

送中心慢拍兩拍送

令ㄟ 令送舞 送ㄟ挼送挼 挼据 舞揺 揺送揺

送ㄟ 挼送挼 挼据 舞挼 挼送挼 挼送ㄟ

奇送奇 奇据 舞挼 挼送挼 送ㄟ

据送頭 頭ㄟ

圖1 〈南歌子舞譜〉，摹敦煌寫本伯三五〇一舞譜

又如敦煌寫本《伊州樂譜》：（見圖2）

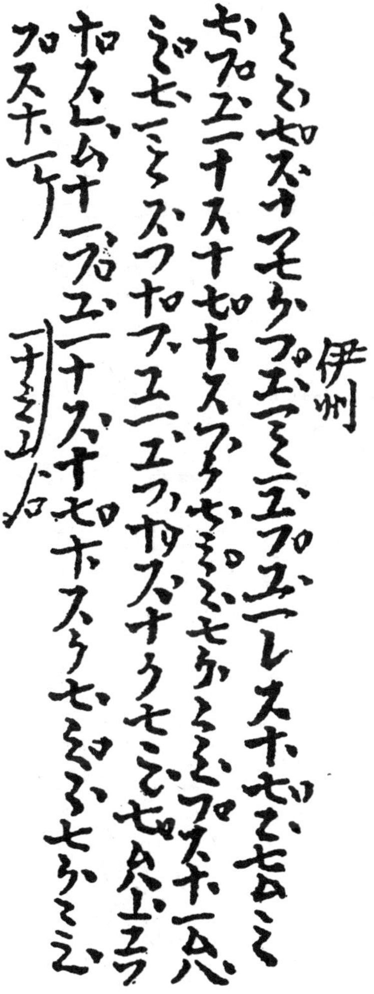

圖2 〈伊州樂譜〉

有關唐人寫本的敦煌《舞譜》、《樂譜》、《琵琶譜》等資料，今人已難以讀懂，如取南宋張炎《詞源・古今譜字》覈對，對敦煌樂譜的譯譜工作，或許有些幫助。

(2)開元風雅十二詩譜：該詩譜收錄在朱熹的《儀禮經傳通解》中，包括《詩經・國風》〈關雎〉、〈鵲巢〉、〈采蘩〉、〈葛覃〉、〈卷耳〉、〈采蘋〉；小雅〈鹿鳴〉、〈四牡〉、〈皇皇者華〉、〈魚麗〉、〈南有嘉魚〉、〈南山有臺〉等十二首，每首都用律呂譜來記譜，且一字一音，是古代雅樂中現存最古的樂譜，也是宋人傳唐人唱《詩經》的樂譜。今舉小雅〈鹿鳴〉、〈四牡〉兩篇爲例：(見圖3)

欽定四庫全書

儀禮經傳通解卷十四

宋 朱子 撰

學禮七

詩樂

傳曰十有三年學樂誦詩舞勺成童舞象（先學勺後學象文武之次也成童十五以上）二十而冠舞大夏（大夏樂之文武備者也三舞今皆亡）

小雅

傳曰大學始敎宵雅肄三官其始也（宵之言小也肄習也習小雅之三謂鹿鳴四牡皇皇者華也此皆君臣宴樂相勞苦之詩為始學者習之所以勸之以官且取上下相和厚　今按鄉飲酒及燕禮皆歌此三篇笙入樂南陔白華華黍間歌魚麗笙由庚歌南有嘉魚笙崇丘歌南山有臺笙由儀六笙詩本無詞聲亦不傳）

呦(黃清)呦(南)鹿(蕤)鳴(姑)食(南)野(姑)之(太)苹(黃)我(蕤)有(林)嘉(應)賓(南)
鼓(林)瑟(南)吹(黃清)笙(林)吹(蕤)笙(林)鼓(南)簧(姑)承(應)筐(黃清)是(姑)將(南)
人(林)之(南)好(黃)我(姑)示(林)我(南)周(太清)行(黃清)
呦(黃)呦(姑)鹿(蕤)鳴(姑)食(林)野(南)之(太清)蒿(黃清)我(林)有(南)嘉(應)賓(黃清)德(南)音(蕤)孔(姑)
昭(林)視(姑)民(南)不(黃清)恌(姑)君(應)子(黃清)是(姑)則(蕤)是(姑)傚(南)我(林)
有(南)旨(黃)酒(姑)嘉(林)賓(南)式(應)燕(南)以(太清)敖(黃清)
呦(黃)呦(姑)鹿(太)鳴(黃)食(太)野(黃)之(蕤)芩(姑)我(蕤)有(南)嘉(應)賓(南)鼓(南)瑟(南)
鼓(黃清)琴(林)鼓(蕤)瑟(林)鼓(姑)琴(南)和(應)樂(黃清)且(姑)湛(南)我(林)有(南)
旨(黃)酒(姑)以(林)燕(南)樂(黃)嘉(應)賓(南)之(太清)心(黃清)

鹿鳴三章章八句黃鐘清宮（俗呼正宮）

四(黃)牡(姑)騑(蕤)騑(姑)周(太)道(黃)倭(蕤)遲(姑)豈(林)不(南)懷(應)歸(黃清)
王(蕤)事(姑)靡(林)盬(南)我(林)心(黃)傷(應)悲(黃清)
四(黃)牡(姑)騑(林)

騑(南)嘽(應)嘽(南)駱(太清)馬(黃清)豈(蕤)不(林)懷(應)歸(南)王(蕤)事(姑)靡(黃)
盬(黃)不(林)遑(姑)啓(太)處(黃)
翩(黃清)翩(姑)者(林)鵻(南)載(姑)飛(應)載(林)下(南)集(蕤)于(南)苞(蕤)栩(林)王(太)事(黃)靡(蕤)盬(姑)不(林)遑(南)將(太清)父(黃清)
翩(黃清)翩(姑)者(蕤)鵻(姑)載(林)飛(應)載(林)止(南)集(林)于(南)苞(蕤)杞(姑)王(蕤)事(姑)靡(林)盬(南)不(黃)遑(蕤)將(太)母(黃)
駕(黃)彼(太)四(黃)駱(姑)載(林)驟(南)駸(黃清)駸(林)豈(林)不(南)懷(應)歸(黃)
是(太)用(黃)作(蕤)歌(姑)將(應)母(黃)來(太清)諗(黃清)

四牡五章章五句黃鐘清宮（俗呼正宮）

圖3

(3)**白石道人歌曲**：南宋姜夔的自度曲，共十七首，即〈隔溪梅令〉、〈杏花天影〉、〈醉吟商小品〉、〈玉梅令〉、〈霓裳中序第一〉、〈揚州慢〉、〈長亭怨慢〉、〈淡黃柳〉、〈石湖仙〉、〈暗香〉、〈疏影〉、〈惜紅衣〉、〈角招〉、〈徵招〉、〈秋宵吟〉、〈淒涼犯〉、〈翠樓吟〉等，均用俗字譜，但無板眼。如〈淡黃柳〉：（見圖4）

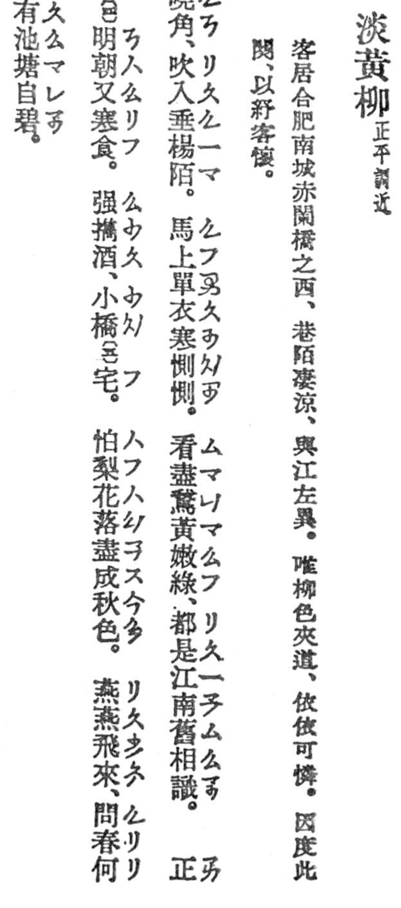

淡黃柳 正平調近

客居合肥南城赤闌橋之西、巷陌淒涼、與江左異。唯柳色夾道、依依可憐。因度此闋、以紓客懷。

空城曉角、吹入垂楊陌。馬上單衣寒惻惻。看盡鵞黃嫩綠、都是江南舊相識。正岑寂、明朝又寒食。強攜酒、小橋宅。怕梨花落盡成秋色。燕燕飛來、問春何在、唯有池塘自碧。

圖4

今附〈淡黃柳〉的譯譜如下：（見圖5）

C調 4/4

淡黃柳

白石道人歌曲
楊蔭瀏 譯譜

| 5 — | 6 5 4·3 | 2 — 7 6 5 6 5 | 4·0 7 1 | 2 3 2 1 6 5 |

| 4 — 7 6 | 5 — 7 1 4 | 2 — 1 — | 2 — — 0 |

| 6 — 5 — | 4 — 6 — | 7 1 4 3 | 2 — 4·5 6 |

空 城 曉 角， 吹 入 垂 楊 陌，馬 上

| 2 — — 1 | 2 — 1·7 | 6 — — 0 | 1 2 4·5 6 |

單 衣 寒 惻 惻。 看 盡 鵝 黃

| 4 6 7 1 3 | 2 — 1 4·3 | 2 — — 0 | 2 — 4·3 |

嫩綠,都是江 南 舊 相 識。 正 岑

| 2 — — 0 | 6·5 4 7 | 6 — 0 4 | 2 — — 1 |

寂， 明 朝 又 寒 食。 強 攜 酒，

| 2 — 1·7 | 6 — 0 5 | 6 5 4·3 | 2—76565 | 4·0 7 1 |

小 橋 宅， 怕 梨 花 落 盡 成 秋 色。燕 燕

| 2 3 2 1 6 5 | 4 — 7 6 | 5 — 7 1 4 | 2 — 1 — | 2 — — 0 ||

飛 來， 問 春 何 在，唯 有 池 塘 自 碧。

圖5

白石道人旁譜，爲我國唱詞現存最早最可靠的詞譜，惜用俗字譜記音，開始被視爲天書，難以辨解。如與朱熹〈琴律說〉中論琴律，張炎《詞源》中附律呂音字，相互參證，便稍可讀。姜夔尚有〈越九歌〉，係用律呂譜。今舉其中的一首爲例：（見圖6）

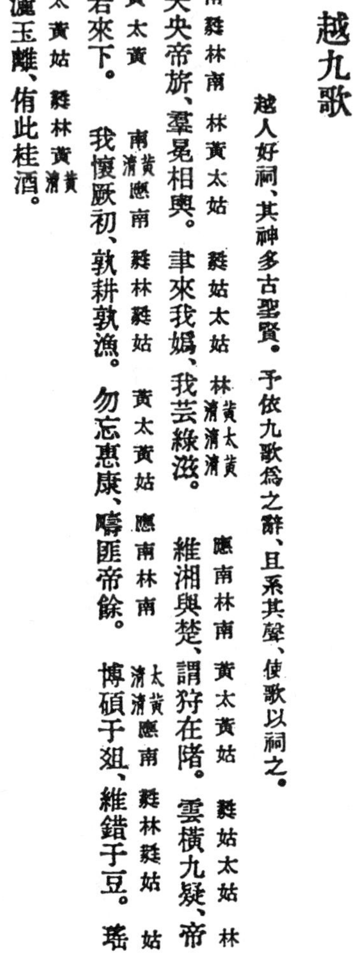

越九歌

越人好祠、其神多古聖賢。予依九歌爲之辭、且系其聲、使歌以祠之。

南蕤林南　林黃太姑　蕤姑太姑　林黃清太清黃清　應南林南　黃太黃姑　蕤姑太姑　林
央央帝旂、羣晃相輿。聿來我娛、我芸絲滋。維湘與楚、謂狩在渚。雲橫九疑、帝

黃太黃　南黃清應南　蕤林蕤姑　黃太黃姑　應南林南　太清黃清應南　蕤林蕤姑　姑
若來下。我懷厥初、孰耕孰漁。勿忘惠康、疇匪帝餘。博碩于俎、維錯于豆。瑤

太黃姑　蕤林黃黃清
灑玉雌、侑此桂酒。

圖6

(4)**樂律全書**：明代朱載堉所撰輯。其中〈律書〉第五册，收錄有〈釋奠大成樂章新舊譜同異考〉，比較元代和明代祭孔的樂譜，用律呂譜寫成。該書尚輯有〈靈星小舞譜〉，爲孩童的八佾舞，附有六十餘幅圖，爲我國現存祭孔雅樂和八佾舞最珍貴的資料。

(5)**魏氏樂譜**：明代魏皓所輯，共收五十三首詩譜。計：《詩經・關雎》一首，樂府古辭十八

首，唐五代宋明人詞三十二首，每首均註以工尺譜❼。

《魏譜》係明末傳鈔流入日本，其所收明人的詞，有顧潛的〈洞仙歌〉，陳繼儒的〈風中柳〉。顧潛爲明弘治九年（西元一四九六年）進士，而陳繼儒（一五五八～一六三六）卒於崇禎十二年，是在明代末葉，所以《魏譜》成書正値崑腔盛行之時。今觀其宮調，尙有宋樂的遺音。魏皓，字子明，號君山，從元琰學音律，傳其業，並著有《魏氏樂器圖》。今擧藝香堂刻本李白的〈關山月〉爲例：（見圖7、8）

(6)**九宮大成南北詞宮譜**：簡稱《九宮大成譜》。爲清代莊親王允祿奉敕編纂的，周祥鈺、鄒金生、徐興華、王文祿等分任其事，書成於乾隆十一年（一七四六），共八十二卷。包括南曲的引、正曲、隻曲、北曲、隻曲等共兩千零九十四個曲牌，連同變體共四千四百六十六個曲調。此外，尙有北曲套曲一百八十五套，南北合套三十六套。詳擧各種體式，分別正字、襯字，並註明工尺、板眼。

書中收有唐宋詩詞、諸宮調、元曲、元明散曲，以及明淸傳奇的曲調。書中每一曲調，均註明出處，如《雍熙樂府》、《太古遺音》、《九九大慶》等，以明該曲譜的來源，是今人硏究唐詩、宋詞、元曲，在音律方面最豐富的參考資料。今國立中央圖書館收藏有四部，中央硏究

---

❼見日本京都大學收藏的芸香堂《魏氏樂譜》或饒宗頤《詞樂叢刊》附《魏氏樂譜》影本。

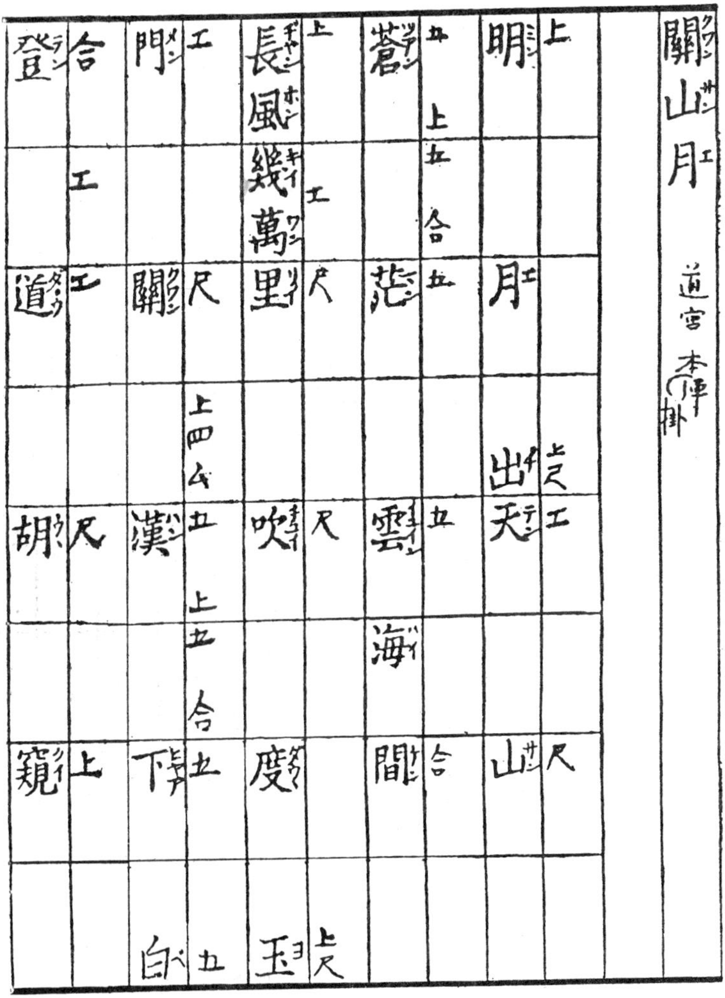

關山月

道宮 本調 掛

明月出天山
蒼茫雲海間
長風幾萬里吹度玉
門關漢下白
登道胡窺

圖 7 (a)

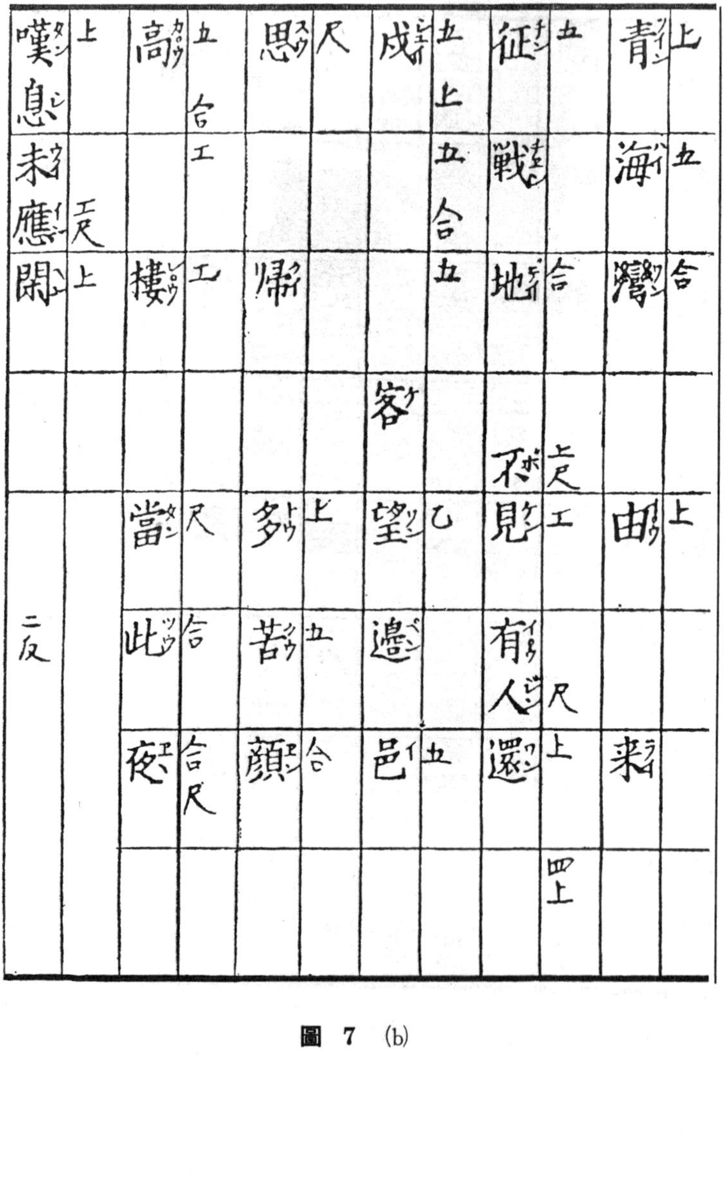

句	字	讀	譜
一	青	シイン	上
一	海	ハイ	五
一	灣	ワン	合
一	由	イウ	上
一	来	ライ	
二	征	チン	五
二	戰	セン	
二	地	デイ	合
二	不	ポ	上尺
二	見	ケン	工
二	有	イウ	
二	人	ジン	尺
二	還	ワン	上
二			四上
三	戍	シユイ	五 上 五 合 五
三	客	ケ	
三	望	ワン	乙
三	邊	ペン	
三	邑	イ	五
四	思	スウ	尺
四	歸	[illegible]	
四	多	トウ	上
四	苦	クウ	五
四	顏	エン	合
五	高	カウ	五 合 工
五	樓	レウ	工
五	當	タン	尺
五	此	ツウ	合
五	夜	エ	合尺
六	嘆	タン	上
六	息	シ	
六	未	[illegible]	
六	應	[illegible]	工尺
六	閑	[illegible]	上
六			二反

圖 7 (b)

F 4/4

關山月（五古樂府）

李白 詩

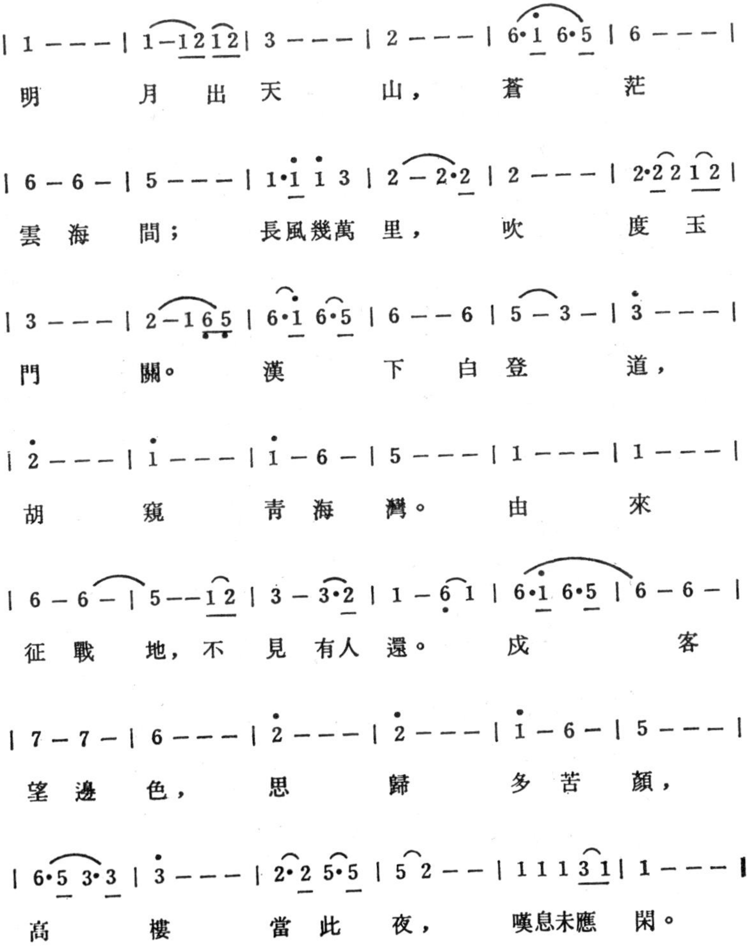

| 1 — — — | 1 — 1 2 1 2 | 3 — — — | 2 — — — | 6·1 6·5 | 6 — — — |
明 月 出 天 山， 蒼 茫

| 6 — 6 — | 5 — — — | 1·1 1 3 | 2 — 2·2 | 2 — — — | 2·2 2 1 2 |
雲 海 間； 長風幾萬 里， 吹 度 玉

| 3 — — — | 2 — 1 6 5 | 6·1 6·5 | 6 — — 6 | 5 — 3 — | 3 — — — |
門 關。 漢 下 白 登 道，

| 2 — — — | 1 — — — | 1 — 6 — | 5 — — — | 1 — — — | 1 — — — |
胡 窺 青 海 灣。 由 來

| 6 — 6 — | 5 — — 1 2 | 3 — 3·2 | 1 — 6 1 | 6·1 6·5 | 6 — 6 — |
征 戰 地， 不 見 有人 還。 戍 客

| 7 — 7 — | 6 — — — | 2 — — — | 2 — — — | 1 — 6 — | 5 — — — |
望 邊 色， 思 歸 多 苦 顏，

| 6·5 3·3 | 3 — — — | 2·2 5·5 | 5 2 — — | 1 1 1 3 1 | 1 — — — |
高 樓 當 此 夜， 嘆息未應 閑。

圖8

院傅斯年圖書館、臺大圖書館各藏有一部。今舉王維的〈渭城曲〉和元結的〈欸乃曲〉爲例：（見圖9）

陽關曲　王維詞

九宮大成譜卷四五。

渭城朝雨浥輕塵　韻
客舍青青柳色新　韻
勸君更盡一杯酒　句
西出陽關無故人　韻

欸乃曲　元結詞

九宮大成譜卷四三。

千里楓林烟雨深　韻
無朝無暮有猿吟　韻
停橈靜聽曲中意　句　合
好似雲山韶濩音　韻

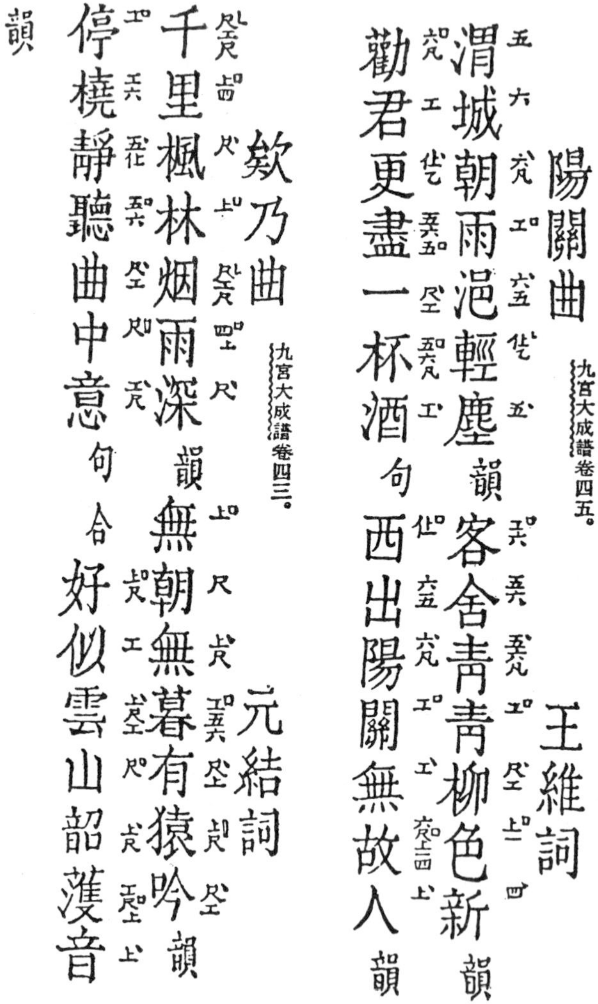

圖 9 (a)

♯D調 4／4

陽關曲（七絕樂府）

王維 詩

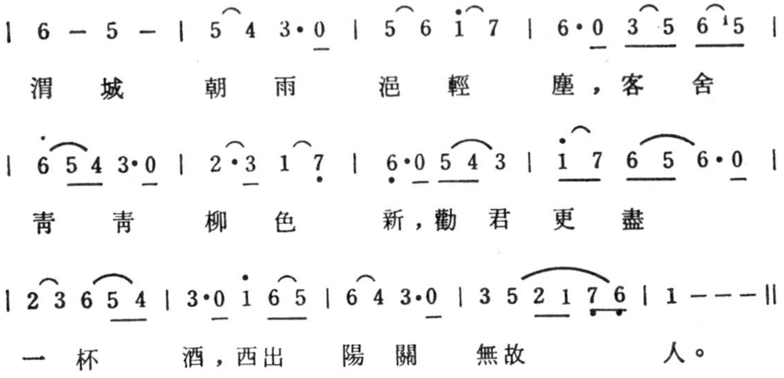

| 6 — 5 — | 5 4 3·0 | 5 6 1 7 | 6·0 3 5 6 1 5 |

渭 城 朝 雨 浥 輕 塵，客 舍

| 6 5 4 3·0 | 2·3 1 7 | 6·0 5 4 3 | 1 7 6 5 6·0 |

青 青 柳 色 新，勸 君 更 盡

| 2 3 6 5 4 | 3·0 1 6 5 | 6 4 3·0 | 3 5 2 1 7 6 | 1 — — — ‖

一 杯 酒，西 出 陽 關 無 故 人。

G調 2／4

欸乃曲

唐元結詞
譯自九宮大成譜

| 0 2 3 2 | 1 · 6 2 | 1 2 0 3 2 | 6 1 2 | 1 2 1·2 |

千 里 楓 林 烟 雨 深，無 朝 無

| 3 6 5 2 1 | 1 2 2 3 | 3 3 5 6 1 | 6 5 2 3 | 2 3 2 |

暮 有 猿 吟。停 橈 靜 聽 曲 中 意，

| 1 2 3 1 2 3 | 2 1 2 3 | 2 1 1 | 1 — ‖

好似 雲 山 韶 濩 音。

圖 9 (b)

(7)納書楹曲譜：清代葉堂編纂，王文治參訂。有正集四卷，續集四卷，外集二卷，補遺四卷，共十四卷。收集乾隆時舞臺上流行崑劇，以及一小部分地方戲、折子戲劇本，共三百餘齣。另收有《玉茗堂四夢曲譜》八卷，共爲二十二卷，《西廂記曲譜》二卷，書成於乾隆五十九年（一七九四）。書中所收曲詞未附科白，注有工尺，板眼，是崑曲戲曲譜最豐富的選集。今有生齋出版社影印本。

(8)碎金詞譜：清代謝元淮輯。包括《碎金詞譜》、《續譜》兩部分，收輯詞譜共五百四十闋。每闋注有「原」、「增」、「補」等字樣。「原」指依照《九宮大成譜》的曲譜，而「增」、「補」均爲謝氏採集而增列的詞譜。詞句右側爲工尺譜，並注明板眼，詞句左側，注四聲格律、韻腳，可供知聲律者唱詞塡詞之用。書成於道光十年（一八三〇）。爲歷代收輯詞譜最完備的書籍。原刊本爲國立中央圖書館所珍藏，共兩函十冊，今由學海出版社印行，共三册。今附白居易〈相見歡〉一闋爲例：（見圖10）

今附譯譜如下：（見圖11）

(9)集成曲譜：今人王季烈、劉富樑合撰。全書分金、聲、玉、振四集，每集八卷，共三十二卷，共收元明清三代崑曲可演出之戲曲約四百餘齣。書成於民國十三年，書中對於宮譜曲牌，詳加訂正，賓白鑼段，也注明甚詳，是研究元人雜劇、明清傳奇重要的參考書。今有古亭書屋影印本。

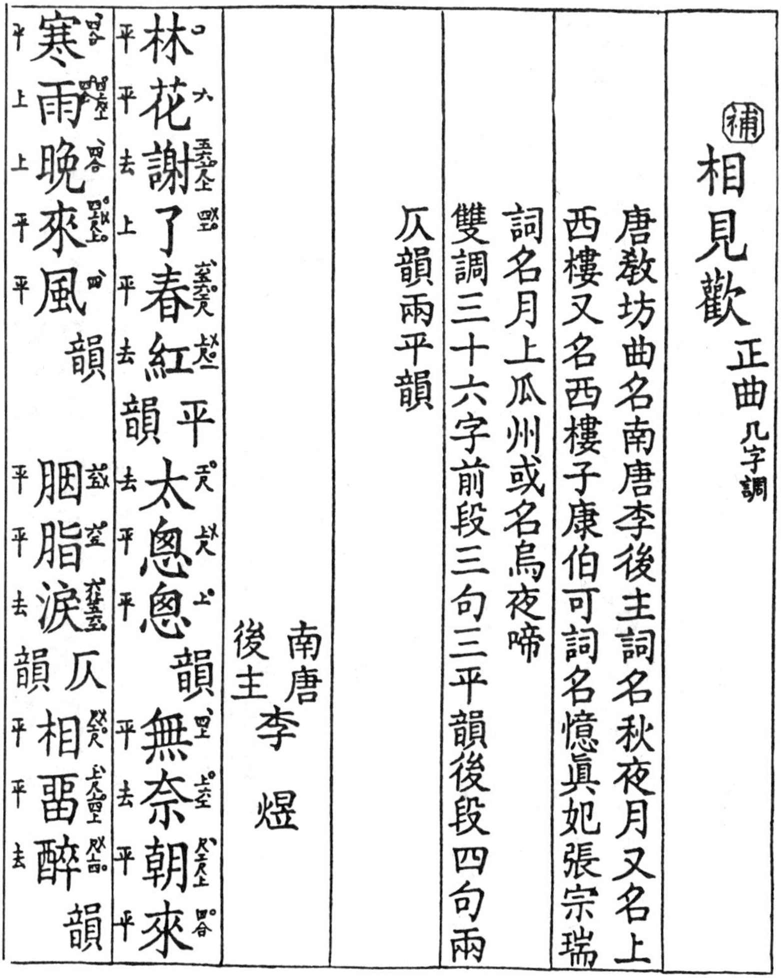

(補)相見歡 正曲 几字調

唐敎坊曲名南唐李後主詞名秋夜月又名上西樓又名西樓子康伯可詞名憶眞妃張宗瑞詞名月上瓜州或名烏夜啼

雙調三十六字前段三句三平韻後段四句兩仄韻兩平韻

南唐後主 李煜

林花謝了春紅 韻 平 太匆匆 韻 無奈朝來

平平去上平去 韻 去平平 平去平平

寒雨晚來風 韻 胭脂淚 仄 相留醉 韻

平上上平平 平平去 韻 平平去

圖 10 (a)

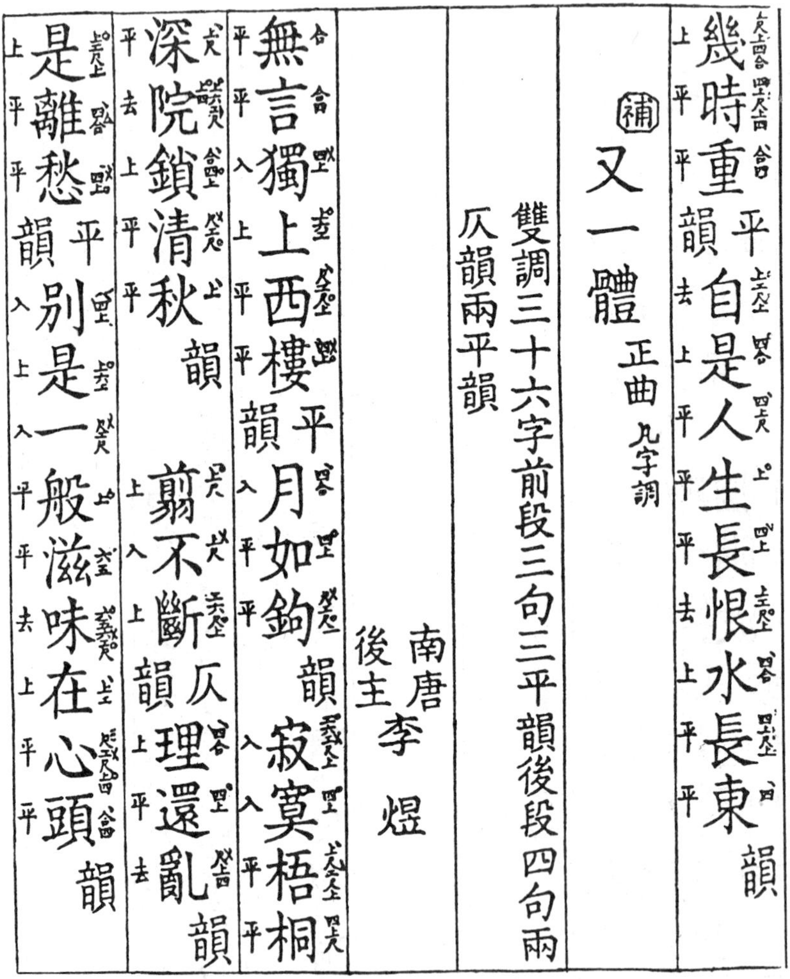

幾時重平自是人生長恨水長東韻

上平平韻去上平平平去上平平

補

又一體 正曲 九字調

雙調三十六字前段三句三平韻後段四句兩仄韻兩平韻

南唐 後主 李煜

無言獨上西樓平月如鉤韻寂寞梧桐

平平入上平平韻入平平入入平平

深院鎖清秋韻翦不斷仄理還亂韻

平去上平平上入上韻上平去

是離愁平別是一般滋味在心頭韻

上平平韻入上入平平去上平平

圖 10 (b)

G調 4／4

相見歡

南唐 李煜詞
譯自碎金詞譜

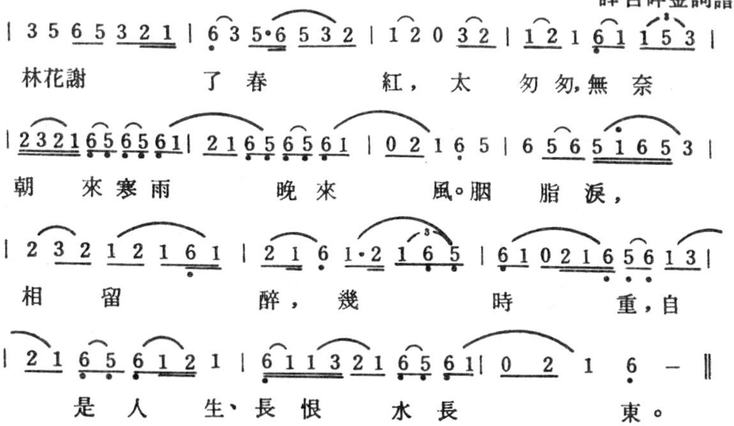

| 3 5 6 5 3 2 1 | 6 3 5·6 5 3 2 | 1 2 0 3 2 | 1 2 1 6 1 1 5 3 |
林花謝 了春 紅，太 匆匆，無奈

| 2 3 2 1 6 5 6 5 6 1 | 2 1 6 5 6 5 6 1 | 0 2 1 6 5 | 6 5 6 5 1 6 5 3 |
朝 來寒雨 晚來 風。胭 脂淚，

| 2 3 2 1 2 1 6 1 | 2 1 6 1·2 1 6 5 | 6 1 0 2 1 6 5 6 1 3 |
相 留 醉，幾 時 重，自

| 2 1 6 5 6 1 2 1 | 6 1 1 3 2 1 6 5 6 1 | 0 2 1 6 — ‖
是 人 生、長恨 水長 東。

G調 4／4

相見歡

南唐 李煜詞
譯自碎金詞譜

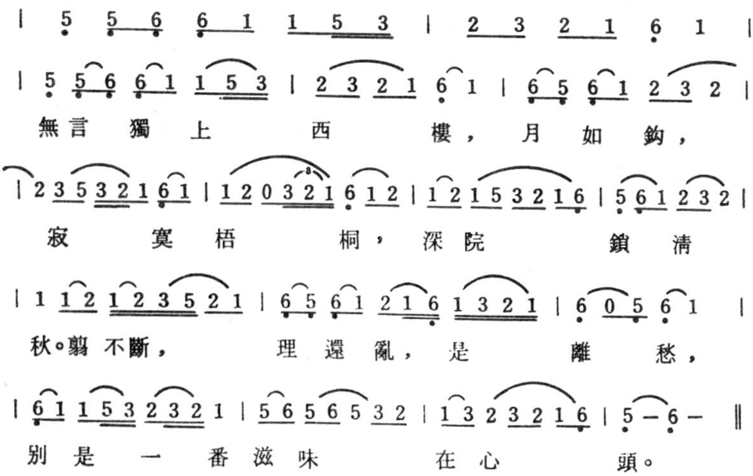

| 5 5 6 6 1 1 5 3 | 2 3 2 1 6 1 |

| 5 5 6 6 1 1 5 3 | 2 3 2 1 6 1 | 6 5 6 1 2 3 2 |
無言 獨 上 西 樓，月 如 鉤，

| 2 3 5 3 2 1 6 1 | 1 2 0 3 2 1 6 1 2 | 1 2 1 5 3 2 1 6 | 5 6 1 2 3 2 |
寂 寞 梧 桐，深院 鎖 清

| 1 1 2 1 2 3 5 2 1 | 6 5 6 1 2 1 6 1 3 2 1 | 6 0 5 6 1 |
秋。翦 不斷， 理還 亂，是 離 愁，

| 6 1 1 5 3 2 3 2 1 | 5 6 5 6 5 3 2 | 1 3 2 3 2 1 6 | 5 — 6 — ‖
別 是 一 番 滋 味 在 心 頭。

圖11

⑽**與衆曲譜**：今人王季烈編輯。因集成曲譜篇幅繁雜，通行不易，於是王氏更以王錫純的《遏雲閣》曲譜爲藍本，精選舞臺常演的時劇、開場劇、散套等共一百齣，曲中詳注工尺板眼，取名與衆同樂的意思，編訂成册。書成於民國二十九年。今有臺灣商務書局影印本。

⑾**琴府**：今人唐健垣所編輯。收集歷代琴譜而成，其中包括六朝邱明的《碣石調幽蘭》、宋姜夔的《古怨》，宋田芝翁輯、明袁均哲注的《太古遺音》，明朱權的《神奇秘譜》，明石國禎、陳泰合編的《龍湖琴譜》，清徐祺的《琴況》，清曹尙絅、蘇璟合編的《春草堂琴譜》，清吳灴的《自遠堂琴譜》，清張鶴的《琴學入門》，清慶瑞的《琴瑟合譜》，今人楊宗稷的《琴學叢書》等，網羅古今琴譜，不下數百曲。其中曲譜，均爲指法譜，可作倚歌，以吟唱詩文。民國六十年，由聯貫出版社出版，共三册。

此外，日本流傳唐人詩譜甚多，如陽明文庫所藏的《五絃譜》，載有〈王昭君〉、〈如意娘〉、〈秦王破陣樂〉、〈飲酒樂〉、〈聖明樂〉、〈何滿子〉、〈天長久〉、〈昔昔鹽〉、〈三臺〉、〈平調火鳳〉、〈韋卿堂〉、〈六湖州〉等二十二曲，爲唐人石大娘的寫譜，保有唐音的聲調。韓國方面，也保存唐宋人樂譜約百餘篇，其彈法與聲調猶傳於樂工者，尙有三十餘調，見《樂學軌範》與《進饌儀軌》等書。如歐陽修的〈洛陽春〉，便是其中最稱著的詞譜。

其次，民間詩社及各地的戲曲中，保存有詩詞的吟唱方式和曲調，這是文獻中「獻」的資料。

中國詩歌可以唱和贈答，由男女情歌的唱和，到朋友的贈答，合乎「以文會友，以友輔仁」的古訓。於是詩人墨客發起組織吟社、詩社，利用春秋佳日，登高賦詩，或定期集會，擊缽聯吟。從古籍的記載，詩人的結社，以及詩社的活動，時有所見。如晉王羲之的〈蘭亭集序〉，陶淵明的「白蓮社」，唐李白的〈春夜宴桃李園序〉，杜甫的〈飲中八仙〉，裴度的「綠野堂」雅聚，都是詩人聯吟的紀錄，至今傳爲美談。

宋代詩社風氣已開，如浦江人吳渭發起組織「月泉吟社」，並訂有社規。明代加入詩社，尙有考選的對象。《懷麓堂詩話》云：元末明初，東南士人重視詩社。每以一二有力人士爲主，聘請詩人爲考官，隔年封題送達各郡，使能詩者於次年春月交詩卷，再由專人評定，仿照科舉辦法，評定名次❽。所以明清以來，詩人的結社至爲普遍。就以臺灣地區而言，明代有一貢生沈光文，字文開，一字斯庵，浙江鄞縣人，在桂王時，官太僕寺卿。他坐船出海，遇上颱風，船漂流到臺南。上岸後，便在臺南一帶敎書，那時鄭成功還未到臺灣來，便和明室遺老組成「東吟社」，這是臺灣詩社的濫觴。

在日據時代，臺灣各地的詩社很多，而詩社的存在，便是宣揚中華文化、民族意識的所在。臺灣光復後，民間詩社仍保留舊有的傳統，定期聯吟，就以民國六十二年世界第二屆詩人大會爲

❽見《懷麓堂詩話》。

例，在臺北孔廟聯吟，當時全省參加的詩社，便多達兩百多個詩社。其中以臺北的瀛社、天籟社，臺中的櫟社、芸香社，臺南的南社，宜蘭的東明社等，最具實力。而每一詩社，均保存有吟詩唱詞的曲調和方式，頗具古風音韻，可供今人學詩吟詩的參考。

同時民間戲曲中，仍保存有古人吟唱詩詞的曲調。就以今日閩南仍盛行的「南樂」，臺灣的「南管」、「北管」，其中或存有南朝時清商樂的遺音。讀其字譜，與敦煌樂譜及日本現存的唐五絃譜所用的字譜，頗爲接近。如今民間詩社吟詩唱詞的風氣已漸式微，然而如能善加蒐集與整理，其間口耳相傳的詩聲，必能延續，且可探索古人吟詩的規則和風貌。

四　古典詩歌古譜的整理

從上述的各種古譜資料來看，古代詩詞記譜的方法，約可分爲四類：有律呂譜、工尺譜、俗字譜、指法譜，其中以工尺譜最爲常見。

整理古代詩譜，首先要學會讀譜。如何讀譜？今以工尺譜爲例，說明於下：

工尺譜爲宋代以來最常用的記譜法，不論詩樂、國樂或戲曲，均用此以記譜，非簡譜或五線譜所能替代。如工尺譜的調名，用尺字調（相當於C調）、小工調（相當降D調）、凡字調（E調）、六字調（F調）、正工調（G調）、乙字調（A調）、上字調（B調）等名稱來記曲調。

用工尺等字來記音階，對照表如下：

工尺譜：伬仜伬仕乙五六凡工尺上一四合凡工尺上

簡寫法：凡工尺上

簡　譜：·4·3·2·1 7654321 7·6·5·4·3·2·1·

用板眼來記拍子，拍子的記號：

散　板：工尺譜旁不注板眼記號者，由唱者自行控制節拍，有吟的特色。

二拍子：、□　（、爲板，□爲眼）

四拍子：、•□•　（板、頭眼、中眼、末眼）

八拍子：、•□•×•□•　（×稱贈板）

例　如：上尺（|12|）　上尺（|1·2|）　上尺工（|12 203|）

古人用板眼來記節拍，如一板一眼，相當於四分之二的拍子，一板三眼，相當於四分之四的拍子。大板是休止符，贈板是多唱一板，散板是唱者自行控制，不受拍子的約束。能看懂古譜記音的符號，也就能吟唱古人的詩譜了。

由於古人記譜的方式與今人記譜的方式不同，加以古代因時間和地域的不同，樂工們所習用的記音符號不一，變化多而難以分辨。尤其指法譜，今人大都視爲天書，難以看懂。因此翻譜的工作，也是當今整理詩詞古譜最主要的課題。

古譜的整理工作，要求眞，也要求完美。古人的詩詞曲譜，多爲單一的唱譜，尙無和聲譜與伴奏譜，因此曲調的處理，也需要經過一番綜合的處理，才能達到吟唱的效果。中國詩樂，歷代各有不同，如唐詩典雅，宋詞豔麗，元曲俚俗，而古代詩譜的整理，要合乎時代的變遷，表現民族音樂的特色。

中國詩歌的美讀，不僅止於吟唱，尙有徒誦的變化。而詩譜的應用，僅供詩歌吟唱的依據。一般文人學者朗誦詩歌，大半採用徒誦的方式，先將一首詩或一闋詞背熟，然後採自然的聲調來吟誦，並把自己的情感融洽其間，發出抑揚頓挫的聲音，將詩詞中的情意表達出來。古人云：「熟讀唐詩三百首，不會作詩也會吟。」所以詩不僅是讀，還要吟，便是這個道理。

詩歌的徒誦，依詩體而定，也有一定的規則。如吟誦古體詩，節奏稍快，與讀古文相仿，有時整句連貫而下，激昂高亢或低徊纒綿，得視詩中的情意而定。吟誦近體詩，便不能像古體詩那麼自由，尤其是二四六的音節字，要做到平聲拉長，仄聲連讀的效果。而詩中的情意有悲壯、柔婉、流麗、掩抑等不同，誦讀起來要恰如其分，才能情意動人，韻味十足。

其次，民間詩社吟詩，多採方言，可以讀出平上去入的聲調，但在教學推廣上，吟誦詩歌，要用國語。國語中無入聲，在徒誦或吟唱時，遇到入聲字，只好把它讀成去聲，或依然維持國語的音調，但使其聲調短促。同時讀詩讀詞或讀古文，宜用讀音，而不用語音。這是聲調和讀音問題，在詩歌朗誦上，也不宜忽視的。

五　結論

我國韻文，一脈相承，《詩經》，《楚辭》，古詩樂府，唐詩，宋詞，元曲，在文學史上，都有著輝煌的貢獻和成就。詩的典雅，詞的豔麗，曲的俚俗，在在表現了我國音樂文學的特色。儘管在形式上有所差異，但在吟詠情性，宏揚詩教，以達溫柔敦厚的宗旨，却是一致的。詩歌朗誦，是包括了徒誦和吟唱，在追尋聲音的藝術，以達詩歌中情韻之美。我國詩學博大，謹以此篇，獻給愛好古典詩歌的朋友，共同負起發揚中華文化的責任。

——民國七十六年十一月《國文天地》三十期

當代詩歌朗誦對社會的功能

一 詩歌朗誦的意義

詩歌是音樂文學，詩歌朗誦著重情意的表達、聲音的藝術，以達到聲音出版的效果。詩歌情意的表達，是屬於「意義性」的，而聲音的藝術，是屬於「音樂性」的。前人主張要從「諷誦」來欣賞一首詩，常以「情韻」的觀點來評詩，這正說明了詩與朗誦的關連性，詩歌是需要借助朗誦或吟唱來表達的一種音樂文學。

所謂「朗誦」，廣義而言包括徒誦和吟唱，狹義而言是專指徒誦。徒誦是拉長聲調來誦讀，而吟唱是配合音樂的節奏，便有曲譜。一般人所謂「朗誦」，以爲是「高聲誦讀」，其實「朗誦」的「朗」字，解釋爲「高聲」是不够的，而解釋爲「清楚明晰」，更爲適當。朗誦就是拉長聲調讀出來，要讀得清楚，意義完全表達出來。

在中國，從兒童開始就接受詩歌的敎育，一直到老，終身諷誦。遠在春秋時代，孔子（551-479 B.C.）就提倡詩歌的敎學，《論語》上說：「小子何莫學乎詩？」又說：「不學詩，無以言。」❶《論語》中所說的「詩」，是專指《詩經》而言。孔子將《詩經》列爲敎弟子時主要敎材的一種。後代詩歌的敎學一直不曾間斷，甚至有些時代，政府選拔人才，以詩歌作爲考試的科目，因此古代有考詩的制度。如漢代以「辭賦」任官❷，唐代以「詩賦」取士❸，清代曾國藩（1811—1872）曾說：「標準的家庭有三種聲音：即織布機的聲音，小孩的哭聲，以及朗朗的讀書聲。」這是清代標準家庭的聲音，而朗朗的書聲，當然包括了詩歌朗誦。今天，我們依然重視詩歌的敎學，而詩歌朗誦，只是詩歌敎學中重要的一環。

因此，從以往的事實來看，中國是個愛好詩歌的民族，在世界各民族中，也是最早重視詩歌敎學，並設有考詩制度的民族。

---

❶見《論語》〈季氏篇〉和〈陽貨篇〉。

❷班固〈兩都賦序〉：「至於武、宣之世，乃崇禮官，考文章，內設金馬、石渠之署。」漢人考文章，便是考辭賦。

❸《新唐書・選舉志》：「先是進士試詩賦，及時務策五道，明經策三道。」

二　詩歌朗誦的方式

中國歷代的版圖很廣，歷史也很悠久。他們在田園吟詩，在草原上浩歌；在廊廟結社，在山林賦詩；在黃河、長江邊上吟唱，在泰山、五老峯頂上嘯歌，只要有人們居住的地方，歌聲不輟。他們用自己的語言，唱出自己的心聲；用自己的文字，記錄下心中的感觸。他們使用的語言，大致來說有「雅言」和「方言」，雅言便是官話，相當於今天通行的國語，方言便是各地區的土話，帶有鄉土的腔調。他們使用的文字是相同的，但因時代久遠，詩歌的種類和名稱，也因時因地而異，有《詩經》、《楚辭》、「漢賦」、「樂府詩」、「古體詩」、「唐詩」、「宋詞」、「元曲」和當代的「新詩」。由於各種詩體的不同，朗誦的方式有差異。

事實上，古人朗誦詩歌的方式，早有記錄。在「詩經時代」(1122-599 B.C.)，《論語・子路篇》有「誦詩三百」，《墨子・公孟篇》有「誦詩三百，絃詩三百，歌詩三百，舞詩三百」。又《周禮・大司樂》有云：「以樂語敎國子：興、道、諷、誦、言語。」鄭玄注：「背文曰諷，以聲節之曰誦。」

依據上述的記載，詩歌朗誦的第一種方式是「誦」，「諷誦」跟「言語」不同，而更在「言語」之上。「言語」就是指平時的講話、讀書，「諷誦」是要把詩稿背起來，念時要用有節奏的聲調，造成自然、和諧的效果。因此朗誦和一般的讀、講話不同，要特別重視聲調節奏的美。在南北朝時，由於佛經轉讀的風氣盛行，沈約、周顒等發現文字有四聲的不同，在詩文上，有「浮聲」、「切響」（即平、仄）的變化❹，使朗誦在聲調的變化上，更趨於完美。

詩歌朗誦的第二種方式是「歌」，歌就是吟唱，吟唱要依照板眼（拍子）和音律（調、音階）。因此詩歌的吟唱要依照曲譜來唱，同時也可以拿樂器來伴奏，必要時也可以跟舞蹈配合在一起，造成詩歌、音樂、舞蹈三者混合的藝術。

古人讀詩，由「閱讀」到「默讀」；由開口「講話」、「誦讀」到「諷誦」、「朗誦」；由「吟誦」到「吟唱」、「嘯歌」，這是三種不同層次的讀詩。也就是從「看」到「讀」，從「讀」到「誦」，從「吟」到「歌」，不外是促使詩歌在律化上的進步。同時，古代詩人，經常有結社聯吟的風氣，他們利用春秋佳節，在風景名勝處，小樓亭臺內，一起賦詩吟唱，互相觀摩，增進彼此的情感。譬如晉·陶淵明的白蓮社❺，王羲之等在蘭亭的聚會❻，唐·李白等在春夜「桃李

---

❹見《宋書·謝靈運傳論》。

❺《盧阜雜記》云：「遠師結白蓮社，以書招淵明。陶曰：『弟子嗜酒，若許飲，即往矣。』遠許之，遂造焉，因勉令入社。陶攢眉而去。」

❻王羲之有〈蘭亭集序〉一篇，記載上巳修禊賦詩事，該文收入《晉書·王羲之傳》中。

園」的宴客賦詩❼，王昌齡、高適、王之渙在「旗亭」畫壁的故事❽，已傳爲文壇的佳話。

自李唐來，詩歌朗誦都是沿着「朗誦」和「吟唱」的兩種方式，加以變化，其間不但加强了詩歌的音樂性和藝術性，更造成中國詩歌在韻律上的一大特色。因此愈是小篇的詩，愈容易吟唱成歌，唐詩中的絕句和律詩便是如此，宋詞元曲中，更是有固定的曲調，如〈菩薩蠻〉、〈天淨沙〉❾，只要將詞語塡入，便可以唱了。

三　當代詩歌朗誦的一些問題

今人朗誦當代的詩歌，也是本着前人原有的途徑——朗誦和吟唱，在不斷地嘗試改進，以適合當代語言的需求，做到以聲入情，字字扣人心絃的效果。

從一九一九年以來，白話文學的流行，在詩體上起了很大的變化，白話詩擺脫了音律的束縛，而走上自由的形式，所使用的詩語是口語的，不再用冷僻艱澀的字眼，要求「上口」。朱自清在〈理想的白話文〉中，主張純粹的白話文，是要寫口頭常有的，而口頭常有的就是上

❼李白有〈春夜宴桃李園序〉一文，記述當晚宴客賦詩的事。
❽見唐薛用弱《集異記》所載。又宋王灼《碧鷄漫志》也記載此事。
❾〈菩薩蠻〉爲詞牌名；〈天淨沙〉爲曲牌名，是散曲。

口⑩。因此，今人朗誦當代的詩歌，已不採用方言，而大半使用國語。雖然在詩歌朗誦中，偶然也有人採用「說書」、「平劇」或地方戲的語氣和腔調，那只是增加朗誦的變化和效果罷了。

首先，讓我們來討論當代詩歌朗誦的一些問題：

「朗誦詩」與「抒情詩」的問題。依照理論，任何一首詩都是抒情的，同時也都可以朗誦，但在當代詩歌中，有「抒情詩」和「朗誦詩」的區別。今日「朗誦詩」在詩歌中，儼然自成一格，它的作法，也與一般的「抒情詩」不同。「朗誦詩」的發生，是在抗戰期間，爲了配合宣傳的需要，中國學生紛紛組織詩歌朗誦隊，在街頭，在鄉村，在舞臺上朗誦，宣揚國策，激起國人的愛國情操。當時著名的朗誦隊有高蘭朗誦隊、臧雲遠朗誦隊等，他們朗誦的詩歌爲了使聽衆一聽就懂，詩句是淺近而口語的，重複而直接的；內容是激情的、現實的、社會性的。因此一般寫「抒情詩」的認爲「朗誦詩」不是詩，不够含蓄，沒有張力，而缺乏詩的藝術性；而寫「朗誦詩」的認爲「抒情詩」是逃避現實，象牙塔的作品，沒有社會意義。其實這是兩種極端的看法，一種是把文學當做純粹藝術看待，另一種是把文學當做工具看待。梁實秋在〈文學講話〉中說得好，文學本身是藝術的，但有時也可以當工具來使用，就好比菜刀，本來是切菜的，但必要時也可以作爲殺人的工具⑪。

⑩見朱自清的《精讀指導擧隅》，其中有〈理想的白話文〉一篇，提及「上口」。

⑪見梁實秋《文學因緣》一書，在〈文學講話〉一篇中述及。

近二十餘年來，在臺灣，詩歌朗誦被人們普遍所喜愛，於是也改正了人們對「朗誦詩」的看法，朗誦詩不僅可以做宣傳的工具；同時，也具有詩歌的藝術性。同樣地，自剖性的「抒情詩」受朗誦的影響，詩人們寫詩，也注意到對社會的責任，並關心他們的詩在臨場朗誦時的效果。因此，詩歌朗誦對詩歌的創作，都有直接的影響。

「朗誦」與「純朗誦」的問題。近些年來，學校或教育團體也很重視詩歌的教化，經常學辦詩歌朗誦比賽，在比賽辦法中，特別規定朗誦的方式，是採用「純朗誦」。因爲「朗誦」與「純朗誦」是有不同的，就像「文藝」與「純文藝」，「吃茶」與「純吃茶」之類，其中是有差別的。

「朗誦」一詞，廣義的，是包括「誦讀」與「吟唱」，由於要求舞臺的效果，朗誦者可以變換位置，配合音樂、舞蹈，外加燈光、道具、布景，跟戲劇的演出沒有不同。而「純朗誦」是指狹義的朗誦，指朗誦者只能用口來誦讀，不得進入吟唱的方式，也不得配舞、配樂、配燈光效果等，甚至規定朗誦者不得變換位置或隊形。但朗誦時並不限制臉部的表情和手勢，因爲這些依然可以幫助聲音的表達。這些嚴格的限制，不外是便於評分的緣故，採用共同的朗誦方式，比賽時，才能分出高下。

其實詩歌朗誦的方式是多樣式的，可以讀，可以誦，可以歌，可以舞，也是舞臺演出藝術的一種。

怎樣的詩才適合於朗誦呢？大抵太短或太長的詩都不適宜於朗誦，短詩至少也得八行以上，不然只有幾行，幾秒鐘就念完，聽者還未感受到，而詩已結束；長詩也不適於朗誦，六十行以上的詩，朗誦時間已超過十分鐘，使人感到雜沓冗長。最有效果的朗誦詩，莫過於能與大衆立卽產生共鳴的爲佳。這類的詩，詩意要淺白，意象要鮮明，句子要口語，而且音節明朗，具有音樂性。換句話說：一首適合於朗誦的詩，是要使用精美的語言，又能融和詩的情意。由於朗誦，可以縮短「朗誦詩」與「抒情詩」之間的距離，而達到每首詩都可以朗誦的境地。

其次，是詩入樂的問題。小詩配樂後可以吟唱，能增加詩的流傳性和美感，是不爭之論，如果要求每首詩都入樂，是不可能，也是不必要的。有人主張詩的本身是一種自足的藝術，它無需透過朗誦或吟唱的媒介，照樣可以從文學的閱讀找到無窮的樂趣⓬。也有人主張詩是詩，歌是歌，井水不犯河水，河水不犯井水，詩要入樂，詩人就不必寫詩，去聽流行歌曲好了。如此看法，都將詩局限在狹小的範圍內，而畫地自限了。從詩歌的發展觀點來看，詩與樂本是孿生兄弟，自難分離，詩可以歌，歌的內容就是詩，宋•鄭樵《通志•總序》云：「樂以詩爲本，詩以聲爲用。」詩的韻律，是因歌而設的，詩是需要透過音律來表達情韻的一種音樂文學。因此早期的新詩，也不放棄可歌的嘗試，如胡適的〈上山〉，劉復的〈敎我如何不想他〉，徐志摩的

⓬見胡爲民〈誦詩的藝術〉一文，政大《長廊詩刊》第二號。

〈海韻〉、〈偶然〉，便是很明顯的例子。

以上提到的一些問題：關於朗誦詩與抒情詩的看法，朗誦與純朗誦的劃分，怎樣的詩才適合於朗誦，詩能不能入樂等問題，都有待詩人們的努力和開拓，使現代詩的發展得到更完美的成就。

四　當代詩歌朗誦可行的途徑

詩歌朗誦在於達到文學鑑賞的最高境界，借聲音的媒介，做爲作品的還原作用。

文學的起源，是「口傳文學」先於「寫定文學」，此二者最大的不同在於媒介，一種是用語言，直接訴於心靈的感受；另一種是用文字，間接借文字的傳播，免受時間的限制。詩歌朗誦，已是使用口傳文學的方式，藉聲音來傳達情意。用聲音來傳達情意，最眞，最生動，讀詩不能單憑「閱讀」或「默讀」來欣賞，詩歌記錄在詩集中，那是靜態的、平面的，透過朗誦，便活起來，成爲動態的、立體的了。因此詩歌朗誦是聲音的藝術，也是聲音的出版，在追求詩歌音樂性的效果。詩歌的音樂性，是詩歌的靈魂所在，能將我們業已遺忘的、最邊遠、最深邃的記憶，重新喚起，使詩境更加擴大而豐富，以充實我們的心靈世界。

當代詩歌朗誦都用口語來朗誦，口語的朗誦要求「眞」和「自然」，如風的吹響，水的潺鳴，發自於情感自然的流露。使詩中的一字、一詞、一句，都能表現出悅耳的節奏，如同天籟。

善於朗誦者，能依朗誦的基本規則，遵照語言學的理論，將每一字、一詞的音長、音高、音重、音質有效地把握，形成長短、高低、輕重、諧韻的節奏，再配合句子語調的上揚或下降，造成緩急快慢、抑揚頓挫的效果，與詩中的情意相結合。因此，讀情緒激昂的詩，絕不同於婉轉的情詩：意象複雜的詩，不同於意象簡單的詩，懂得文字連接的韻律，短句長句語調的表情，念到大聲處能使人振奮，小聲處也能引人共鳴。

當代詩歌朗誦的方式雖然很多，但最基本的朗誦方式，便是隨口誦讀，依詩歌中的情意和韻律，自然地讀出抑揚頓挫來，這是第一步的美讀。進而由朗誦進入吟唱，由吟唱擴展至動作和舞蹈，使詩朗誦與歌舞、動作相結合，成爲舞臺演出的藝術。

當代詩歌的朗誦，通常分獨誦或合誦兩種，與音樂的演唱或合唱很相似。如果是獨誦，一首詩全由一人誦完，那些地方要快、要慢、要低徊、要激昂，也得預先安排，造成自我聲音的對比。如果是合誦，便先把詩句分配，誰讀那些句子，在詩稿上做好記號，也要注意低徊激昂的變化，注明整首詩高低線的所在。例如：

1. 而你細步款款 4. 輕搓着小手
2. 陽春三月，3. 冬早過了

2.淚珠和露珠 1.展示着不同的憂鬱
3.、4.星光路只有星光
1.一縷絕響 3.夢遊似的飄蕩着
5.從一個天堂到一個天堂⑬
（1.是男獨誦，2.是女獨誦，3.是男合誦，4.是女合誦，5.是全體合誦。）

在詩歌朗誦的處理上，有三項可行的途徑：

第一、詩歌朗誦音樂化：詩畢竟是「音樂文學」，詩歌朗誦音樂化的目的，是使詩恢復本來的面貌。如果詩歌朗誦擺脫音樂，便顯得枯燥而單調。詩歌音樂化的處理，並不複雜，小詩可以編成歌來吟唱，長詩可以加配樂。如鄧禹平的〈高山青〉，余光中的〈鄉愁四韻〉，都有作曲家加以譜曲，但大部分的小詩沒有現成的曲譜，可以延聲吟誦，造成音樂的效果。或是一人吟，一人獨白，像童山的〈坐鎮海門〉，便是採用這種方式來處理，也許能收到朗誦效果吧！如果處理長詩，宜選一些與該詩內容可以配合的樂曲，用鋼琴或國樂器現場伴奏，做爲背景音樂，使詩歌朗誦，更富情韻，更爲悅耳。

⑬林綠〈絕響〉一詩中的詩句。

第二、詩歌朗誦戲劇化：一首詩，怎樣用戲劇方式來處理呢？得看詩的本身。如果該詩是用對話的方式寫成的，便很容易。例如徐志摩的〈海韻〉，敍述的句子，由四五人合誦，對話的部分，由男女主誦，主誦者採劇場式的對話，配以適度的動作和舞蹈，使詩意突出。一九七六年十一月十日國立師範大學噴泉詩社在耕莘文敎院演出此詩，便採用此方法，很具效果。童山的〈新竹枝詞〉，也採用此方法，配以和聲，朗誦的結果，比立定式的朗誦，要出色得多。

第三，詩歌朗誦舞臺化：詩歌朗誦，是舞臺演出的一種，當然也講求舞臺的效果。舞臺效果講求對比，使用「蒙太奇手法」，無論燈光，音樂、道具、服飾、隊形等，都得細心安排；同時詩的本身要合乎歌劇式的詩劇，更適合舞臺的演出。目前的現代詩只有抒情和少量的敍事詩，詩劇的創作，尚稱罕見，只好等待他日了。

五　當代詩歌朗誦對社會的功能

談到詩歌朗誦對社會的功能，要知道詩歌才是主體，而朗誦本身只是個媒介，它是另一種出版的方式，也就是詩歌聲音的出版，而更直接地與大衆產生立卽的效果。詩歌對社會的功能，孔子早已說過：「詩可以興，可以觀，可以羣，可以怨。邇之事父，遠之事君。多識於鳥獸草木之名。」⓮在《禮記》上也提到：「溫柔敦厚，詩教也。」⓯也就是說：詩歌可以陶冶性情，使人溫柔敦厚。孔子認爲詩歌可以激發人的心志，觀察時政的得失，溝通大衆的情志，抒暢個人的憂怨；進而能增進人倫的關係，行忠行孝，還可以增加常識。所以他主張用絃歌來敎化天下，比起柏拉圖要把詩人趕出「共和國」之外，是異趣的。

當代詩歌朗誦的功用，就詩歌本身而言：古人讀詩，要求背誦，今人讀現代詩，只停留在「閱讀」上。因此要他當場背一首現代詩，就背不出來；甚至連詩人自己寫的詩，也無法背誦。現代詩的流傳，無形中受到阻礙，不及古詩來得容易朗朗上口。如果我們提倡詩歌朗誦，可使人人能背誦現代詩，對詩的流傳，也具有莫大的推廣作用。

現代詩要適合上口背誦，詩人便得改變寫詩的方式，重視詩歌的節奏和可讀性，詩意的明朗和啓發性；不然，詩人只重意象的表現，寫些過份扭曲文句、晦澀難懂的詩，使詩歌遠離大衆而走入象牙塔中。甚至寫些跳躍式、一字橫排式或排列式的詩句，經過朗誦時，這些形式上的排列，便顯得毫無意義。

爲了使詩歌成爲人人可讀、人人能懂的大衆文學，唯有提倡詩歌朗誦，才能縮短詩人、詩、讀者之間的距離，使詩人寫讀者愛讀的詩，讀者讀人人能懂的詩。商場上有一句話：「顧客永遠

⓮見《論語・陽貨篇》。
⓯見《禮記・經解篇》。

是對的。」那麼我們該說：「讀者永遠是對的。」

就個人修養而言：詩歌朗誦是最好的美化教育。在中國，就有一首很好的兒歌——〈茉莉花〉，歌詞是：「好一朵美麗的茉莉花，芬芳美麗滿枝椏，又香又白人人誇。……」無形中使兒童對芬芳潔白的茉莉花，引起美感；同時，也感到人格的提升，修養自己，美化人生，像茉莉花一樣，潔白芬芳。

因此，讀情詩，使人重視愛情的眞摯、夫婦的情誼；讀懷友詩，使人珍惜友情；讀思鄉的詩，使人愛家人、愛家鄉；讀憂時憂國的詩，使人愛國家，愛自己國家的歷史和文化；讀山水、田園、社會寫實的詩，使人愛大自然，愛人類，由小我的同情心，擴展爲大我民胞物與的胸襟。

就學校敎育而言：詩歌朗誦不僅是詩歌欣賞最具體的方法，也是詩歌敎學最有效的途徑。老師敎詩，最好在課堂上經常朗誦當代的名著，同時也讓學生朗誦自己的作品。當代詩人中，也不乏朗誦詩歌的能手，如紀弦、余光中、瘂弦等，在詩歌座談會中，偶而也當場朗誦他們自己的作品，這對下一代創作詩歌，有很大的鼓勵作用。電視上有一句廣告被人引用：「學音樂的孩子不會變壞。」我們該說：「學詩的孩子更是人格高尚。」同時，詩歌朗誦可以加强學生國語的訓練和說話的能力，使人能說標準的國語，還能說好聽的國語。

每年四月，臺北市敎育局都舉辦中等學校詩歌朗誦比賽，目的在提高詩歌敎學的興趣，培養高尚的情操，參加人數之多，三天才能賽完。每年十月，救國團舉辦北部大專院校詩歌朗誦比賽，以團體爲代表，目的在聯絡彼此的情感，觀摩詩歌朗誦的技巧，發揮團隊精神，進而激發愛國家、愛民族的情操。熱鬧的情況，不亞於古人的三月三日的曲水流觴，五月五日的端午詩節，九月九日的重陽登高，賦詩吟唱的意義是相同的。如今各大專院校都有詩社的組織，連僑務委員會也有大專僑生組成的「海光朗誦隊」，而詩歌朗誦便是他們主要活動之一。

就社會教育而言：詩歌朗誦是敎化社會、宣揚國策，最省錢、最有效的利器。抗戰期間的戰鬬詩，使民心爲之振奮，便是最好的例證。又如鄧禹平的〈高山青〉這首詩，在國外傳唱時，不僅說明了自由中國的美麗和朝氣，連中國青棒代表隊在關島比賽時，華僑們也高唱高山青作爲拉拉隊加油的歌。當然高水準的詩歌朗誦會，跟一般的音樂會一樣，可以陶冶性情，轉移社會風氣，是必然的。如今大衆傳播事業非常發達，在紀念性的節目中，經常可以聽到當代詩歌朗誦的節目，這畢竟是件可喜的事，正說明了詩歌朗誦在社會敎育中所擔負的使命。

由此可知，詩歌朗誦對社會的功能，不僅止於上述的數端，它是具有無比的潛移默化之效。既然詩歌朗誦的好處那麼多，我們爲甚麼不朗誦詩歌呢？

——民國六十八年四月《中華文化復興月刊》一三三期

唐詩四季

一 前言

唐代（西元六一八—九〇六年）詩歌鼎盛，作品繁富，依據清代曹寅敕編的《全唐詩》，共收錄詩人兩千兩百餘家，詩歌四萬八千餘首❶。其後，清光緒二十五年（西元一八九九年），敦煌所出土的曲子詞，數量將近千首，這些敦煌曲子詞，都是唐五代時的民間歌謠❷。以上這些數量，已超過自古代到隋代現存詩歌的總和。因此唐代可稱得上是我國詩歌的黃金時代。

❶見清康熙御製〈全唐詩序〉。

❷敦煌曲的寫卷，依任二北所輯《敦煌曲校錄》，共收有五十六調，五百四十五首，其後有饒宗頤輯的《敦煌曲》，林玫儀的《敦煌曲子詞斠證初編》，周紹良的《補敦煌曲子詞》，所收唐代民歌，將近千首。

唐詩冠冕百代，多彩多樣，它涵蓋了我國古典詩歌古體詩、近體詩、樂府詩三大體，無論是言志載道的詩，或緣情綺靡的詩，或禪理妙悟的詩，都能表現得出色而完美。由於唐詩可愛，反映了唐人各階層人士的生活，於是登臨懷古，覽物思情，莊園閒居，山水逸興，客旅思鄉，朋友贈別，邊塞風情，閨閣思人等，皆可入篇，表現了唐人開放性的生活，遼闊的視野，有豪健、有柔情的心靈世界，千載之下，使人諷誦，猶有餘情。

前人研究唐詩，兼採時代爲經，分體爲緯的分期方式。如南宋嚴羽將唐詩分爲五體：卽初唐體、盛唐體、大曆體、元和體、晚唐體❸。明代高棅繼承此說，並略加修正，把大曆和元和合爲中唐，於是唐詩四期的說法，爲世人所接納，卽初唐詩、盛唐詩、中唐詩和晚唐詩❹。今人吳經熊先生撰寫《唐詩四季》一書，用一年四季來譬喻唐詩四期，說法新穎，也能點出唐詩的特色。如今，介紹唐詩的發展，便沿用「唐詩四季」爲題，以四季花開，說明唐詩的興衰，重新給予唐詩生命的點醒。

---

❸見嚴羽《滄浪詩話・詩體》部分。
❹見高棅《唐詩品彙・總敍》。

二　唐詩春季

去年夏天，應浸會學院中文系主任左松超博士之邀，訪問香港，得緣參觀「馬王堆漢墓出土文物及湖南省歷代文物珍品展覽」，在會場中，展出唐人的「茶壺詩」❺，我發現展出單位不懂唐詩，其實這些沒有標題，也沒有作者的茶壺詩，其中有一組，是〈子夜四時歌〉。事後，我查閱《全唐詩》，這些詩均爲《全唐詩》所未收錄的唐人逸詩。今介紹初唐詩，便從第一個唐人的茶壺詩說起：

子夜春歌　唐・佚名

春水春池滿，春時春潮生；春人飲春酒，春鳥弄春聲。

這首〈子夜春歌〉，每句都用兩個「春」字，如果連詩題上的「春歌」，便合成九「春」。詩中用字有意的重出，是詩歌中諧趣的表現。詩中寫春天的來到，池塘水滿，春時潮生，揚溢着

❺民國七十四年八月在香港展覽唐人的茶壺詩，爲民國七十二年在湖南望城長沙窰所出土的瓷器，共有茶壺詩七首，其中一首爲七絕，其餘均爲五絕，詩題與作者均佚。

春的氣息，春的生機。

唐詩春季，如同〈子夜春歌〉，帶來春天的新生，展開唐詩的生命。

所謂初唐，是指唐高祖李淵的開國，從武德元年（西元六一八年）起，到睿宗李旦先天末年（西元七一二年）止。唐代王朝的建立，是繼南北朝大動亂之後，成大一統的局面，其間雖有隋代，但福祚太短。因此初唐的詩，便如一年的春季，在隆多凋剝之後，啓開一代的新氣象、新生命。

唐詩的春季，便如春日花開，揚溢着喜悅、嬌媚，充滿着清新豔麗的華采。最足以代表這一季的詩歌，有王勃、楊炯、盧照鄰、駱賓王初唐四傑，沈佺期、宋之問、上官儀、上官婉兒、張若虛等詩家的作品。今將這期詩歌的特色，歸納數點如下：

㈠齊梁宮體詩的延續，變綺靡豔麗的詩風爲初唐四傑的「高華」，上官體的「綺錯婉媚」，然仍有六朝金粉的餘習。

㈡繼承齊梁小詩的發展，建立近體詩的詩律。

㈢新生一代年輕詩人的崛起，由於他們出身低微，生活層面的描寫廣闊，詩境的開拓拓寬，佛道的流行，雜有仙心和禪境。

㈣復古載道詩風的倡議，啓開唐人寫實、諷諭的詩風。

唐詩的開端，是由幾個帝王和前朝遺老詩人的倡導，造成詩壇的風氣。在《全唐詩》中，錄有太宗、玄宗的詩各一卷，太宗詩近百首，玄宗的詩六十餘首❻。《全唐詩話》和《唐詩紀事》中，記載君臣宴飲所賦的詩，或君賜詩給臣子，或羣臣和君王應制的詩，說明帝王提倡詩歌的熱心，使羣臣文士重視詩歌的創作。

初唐詩的發展，是以陳隋的遺老如虞世南、李百藥啓開六朝宮體的遺風，他們的詩雅正、婉麗。其次爲沿續齊梁聲律的詩，有上官體和沈宋體的崛起，他們追逐詩歌中聲律之美和對稱之美，上官體有六對的倡議，以「綺錯婉媚爲文」❼，沈宋體有「回忌聲病，約句準篇」的主張❽，於是建立了唐人絕律的固定模式。在武后時，繼上官、沈、宋之後，又有「文章四友」等，其中以李嶠和杜審言的詩，較爲出色。眞正能代表唐詩春季的詩人，當推初唐四傑和張若虛，他們的作品高華綺靡，給唐詩帶來新生的氣象，而四傑中，尤以王勃爲首，今有八十九首詩傳世，王勃是王通（文中子）的孫子，王績的侄孫，少年英氣，但不爲朝廷所用，流落在野，所作詩，清綺

---

❻見《全唐詩》卷一至卷四，均爲唐帝王詩，包括太宗、高宗、中宗、睿宗、明皇、肅宗、德宗、文宗、宣宗等詩篇。

❼《舊唐詩・上官儀傳》：「（上官儀）好以綺錯婉媚爲文，儀既貴顯，故當時多有效其體者，時人謂爲上官體。」

❽尤袤《全唐詩話》評沈佺期：「魏建安後，訖江左，詩律屢變，至沈約庾信，以音韻婉附，屬對精密。及宋之問沈佺期，又加靡麗，回忌聲病，約句準篇，如錦繡成文，學者宗之，號爲沈宋。」

中帶有剛健之氣，比之初唐詩人的浮華作，已無脂粉味，時人批評其詩「高華」，惜享年僅二十六歲。其次爲張若虛，他以〈春江花月夜〉，享譽詩壇，全唐詩中僅收錄到他的詩兩首。其他如王績的田園山水詩，王梵志、寒山子率眞富禪理的隱逸詩，以及陳子昂倡導建安風骨、寄興言志的寫實詩，也開拓了唐詩的新境界。

今列舉唐詩春季主要詩人和代表作品：

㈠遺老詩：虞世南、魏徵、李百藥。

㈡沈宋體：沈佺期、宋之問。上官體：上官儀、上官婉兒。文章四友：李嶠、蘇味道、崔融、杜審言。

㈢四傑詩：王勃、楊炯、盧照鄰、駱賓王。

㈣隱逸詩：王績、王梵志、寒山子。

㈤復古詩：陳子昂。

詩例：

送杜少府之任蜀州　王勃

城闕輔三秦，風煙望五津；與君離別意，同是宦遊人。

海內存知己，天涯若比鄰；無為在歧路，兒女共沾巾。

王梵志詩

吾有十畝田，種在南山坡。青松四五樹，綠豆兩三窠。
熱卽池中浴，涼便岸上歌。遨遊自取足，誰能禁我何？

登幽州臺歌　　陳子昂

前不見古人，後不見來者；念天地之悠悠，獨愴然而涕下。

三　唐詩夏季

第二個唐佚名的茶壺詩，〈子夜夏歌〉：

小水通大河，山深鳥宿多；主人看客好，曲路安相過。

唐詩夏季，有如盛夏繁花盛開，充滿熱情、甜美與繽紛。也如同〈子夜夏歌〉所說的，由許多小水滙成了大河，由於山深可棲息很多的鳥兒。唐代從唐玄宗開元元年（西元七一三年），到肅宗寶應末年（西元七六二年），是唐代的盛季，也是唐詩的全盛時期。

探討盛唐詩所以興盛的原因：㈠爲寫詩的人口擴大，詩歌爲唐代文學的主流；㈡爲樂府歌辭的流行；㈢爲開元、天寶盛世，國力强大，胡漢文化的交流，詩人流露了盛唐的氣象；㈣爲儒道佛三教的融和，使唐人生活視野開闊，而詩的境界也形成多樣性；㈤爲天寶末葉的離亂，社會的動亂，民生的疾苦，使詩人面對現實的題材，加以描寫，擴大了詩歌的領域。由於種種因素，交滙成盛唐詩歌壯闊的波瀾。

詩歌是有生命的，從初唐到盛唐詩歌的發展，是有脈絡可尋的。由初唐綺靡浮華的詩風，進入盛唐後，已漸次衍變成浪漫的詩風，如賀知章、包融、張旭、蘇頲、張說等，便是承宮體詩歌的餘緒而開展，到李白時轉變爲狂放不羈的浪漫詩派；其次，由王維、孟浩然、儲光羲、丘爲、祖詠、綦毋潛、裴廸等，繼王績詩的道路，開拓了盛唐時的山水詩和田園詩，他們以歌詠自然爲主，而形成了自然詩派；其次，爲青年詩人如王昌齡、高適、岑參、王之渙、王灣、李頎、崔顥等，出入於邊塞，許身報國，唱出悲壯豪邁的邊塞詩，形成了邊塞詩派；其次，盛唐名相，如張九齡、姚崇、宋璟、張說等，他們以儒家的寫實觀念來寫詩，作品落於應制或歌頌，到天寶末葉，社會經安史之亂，生民塗炭，於是有元結、沈千運、杜甫、張籍等關心民瘼的詩人，寫下可歌可泣的詩篇，於是有社會寫實詩的流行，形成了寫實詩派。在此季詩歌的特色，可歸納下列數則：

㈠開元、天寶盛世，詩中流露大唐磅礴的氣象。

㈡胡漢文化的融和，三教合一，構成唐詩的多樣性。

㈢盛唐期間，天下太平，朝野處處笙歌，造成敦煌曲和樂府歌辭的流行。

㈣青年詩人投身邊地，邊塞風光，視野開闊，開展出邊塞詩的悲壯與豪情。

㈤天寶戰禍，引來繁榮後的沈思與反省，寫盡人間劫後的辛酸。

唐詩夏季，熱情而多樣，最足以代表盛唐時期的大詩人，有詩佛王維，詩仙李白，詩聖杜甫。他們的作品，正好代表了佛、道、儒三種不同思想形態的詩歌。在當時影響最廣的是王維的詩，但後世享譽最高的却是李白和杜甫。其次便是一群熱情奔放的邊塞詩人，他們的詩，流露了青年報國的熱情與沙塞遼闊的景色，結合成悲壯的詩境。

如果說初唐的詩歌像春花嬌豔，那沈宋上官，以及王楊盧駱的詩，便是輕豔如桃李；盛唐的詩像夏花明豔，那王孟的自然詩素淨如白蓮，高岑的邊塞詩鮮豔如沙漠中的仙人掌花，浪漫如李白，寫實如杜甫，那該是牡丹、芍藥了，成串成球的點綴盛唐詩壇成花團簇錦。

今列舉唐詩夏季主要詩人和代表作品：

㈠田園山水詩：王維、孟浩然、儲光羲、丘爲、祖詠、綦毋潛、裴廸、常建、劉愼虛。

㈡浪漫游仙詩：李白、賀知章、包融、魏萬、崔曙、崔成輔、張旭、蘇頲、張說。

㈢邊塞詩：高適、岑參、王昌齡、王之渙、王翰、李頎、崔顥。

㈣寫實詩：杜甫、元結、沈千運、孟雲卿。

詩例：

終南別業　王維

中歲頗好道，晚家南山陲。興來每獨往，勝事空自知。
行到水窮處，坐看雲起時。偶然值林叟，談笑無還期。

下江陵　李白

朝辭白帝彩雲間，千里江陵一日還；兩岸猿聲啼不住，輕舟已過萬重山。

春望　杜甫

國破山河在，城春草木深。感時花濺淚，恨別鳥驚心。
烽火連三月，家書抵萬金。白頭搔更短，渾欲不勝簪。

從軍行　王昌齡

琵琶起舞換新聲，總是關山離別情；撩亂邊愁聽不盡，高高秋月照長城。

四　唐詩秋季

第三個唐佚名的茶壺詩，〈子夜秋歌〉：

> 萬里人南去，三秋雁北飛；不知何歲月，得共汝同歸。

唐詩秋季，是繼盛唐詩歌極盛之後，開展中唐沈思、內斂的詩歌。「萬里人南去，三秋雁北飛」，是安史之亂，人民流離逃亡的寫照，「不知何歲月，得共汝同歸」，是元和年間，君臣致力恢復秩序的象徵。

所謂中唐，是指代宗廣德元年（西元七六三年）到敬宗寶曆二年（西元八二六年）之間，約六十餘年。其間正值安史之亂後，唐室由極盛而中衰，然後從大劫後，上下重建社會秩序，使凋弊的民生再度復甦。文學是人們生活的反映，在詩歌方面，從大曆到貞元，詩人們大都從沈思中醒覺，寫些個人情懷、內斂性的詩歌。到憲宗元和年間，唐室致力中興，於是文士提倡儒家言志載道的文藝思潮，配合時代的需要，在散文方面，有韓愈、柳宗元等的古文運動，在詩歌方面，有李紳、白居易、元稹等的新樂府運動，他們主張「文以載道」❾，「文章合爲時而著，歌詩合

❾李漢《韓昌黎集・序》云：「文者，所以貫道之器也。」後人因謂韓愈之古文主張爲文以載道。

爲事而作」❿的理論，要求詩文爲時事而作，爲生民而服務。於是元和體的詩歌，在盛唐中落後，再次爲唐詩創造另一個高潮，使唐詩開展通俗化、散文化的新途徑。因此唐詩秋季，有如秋菊，具有樸質、內斂、通俗與苦澀的風格。此季詩歌的特色：

㈠反映安史亂後的反省與唐室中興的革新。

㈡新青年復建道統、文統與詩統。

㈢新樂府與散文詩的風行，開闢唐詩的新途徑。

㈣個人情懷的詠歌與民歌的仿製。

中唐詩歌的發展，由大曆十才子吟詠個人情志的詩發其端，其中主要的詩人有李益、錢起、盧綸等，他們也寫絕律體的邊塞詩，但比之盛唐的邊塞詩，在氣象上便遜色些。繼而是韓愈、張籍等倡導的散文詩，韓詩趨向於說理和拗體，對宋代的詩影響較大，當時與他同遊的詩人，却是些苦吟詩人，詩句艱澀，好推敲詞語，有賈島、孟郊等詩人。最能代表中唐的詩人，應推元和詩人了，他們標榜儒家的道統以建立詩統，作詩推崇《詩經》的言志精神，他們繼承杜甫寫實詩的路線，倡導「卽事名篇」的新樂府⓫，使樂府詩脫離舊題的拘絆，與社會大衆的生活結合在一

❿見白居易〈與元九書〉。

⓫見元稹〈樂府古題序〉。

起，並使用通俗口語入詩，擴大了詩歌的領域，以達匡時補政、裨補時闕的教化功能，開始由李紳倡導，接着由白居易、元稹響應，激起了新樂府運動的波瀾，形成平易近人的詩風，支持了唐詩另一次的高潮⑫。其後劉禹錫、張籍的加入，新樂府運動便成爲中唐詩歌的主流。他們還摹仿民歌，而巴渝一帶的〈竹枝詞〉和吳地一帶的〈楊柳枝〉，便成爲文人改良後的情歌，傳誦千古。

今列舉唐詩秋季主要詩人和代表作品：

㈠田園山水詩：韋應物、劉長卿、柳宗元。

㈡大曆體和邊塞詩：李益、盧綸、錢起、姚合、令狐楚等。

㈢散文詩和苦吟詩：韓愈、賈島、孟郊、盧仝、馬異、李端、李賀。

㈣新樂府：李紳、元稹、白居易、張籍、顧況、劉禹錫、張繼。

詩例：

---

⑫唐憲宗元和四年，李紳首創新題樂府二十首，元稹和他十二首，白居易和他五十首。有元稹〈和李校書新題樂府十二首序〉，記敍此事。李紳的二十首新樂府已失傳，然宋・計有功《唐詩紀事》尚載有他的〈憫農詩〉兩首：

春種一粒粟，秋收萬顆子；四海無閑田，農夫猶餓死。

鋤禾日當午，汗滴禾下土；誰知盤中飧，粒粒皆辛苦。

寄全椒山中道士　韋應物

今朝郡齋冷，忽念山中客；澗底束荊薪，歸來煮白石。
欲持一瓢酒，遠慰風雨夕。落葉滿空山，何處尋行跡？

初春小雨　韓愈

天街小雨潤如酥，草色遙看近却無；最是一年春好處，絕勝煙柳滿皇都。

劍客　賈島

十年磨一劍，霜刄未嘗試；今日把示君，誰有不平事？

買花　白居易

帝城春欲暮，喧喧車馬度。共道牡丹時，相隨買花去。貴賤無常價，酬值看花數。灼灼百朶紅，戔戔五束素。上張帷幕庇，旁織笆籬護。水灑復泥封，移來色如故。家家習為俗，人人迷不悟。有一田舍翁，偶來買花處。低頭獨長歎，此歎無人喻。一叢深色花，十戶中人賦。

五 唐詩冬季

第四個唐佚名的茶壺詩，〈子夜冬歌〉：

天地平如水，天道自然開；家中無學子，官從何處來？

這是唐代民間詩人所寫的詩，每到天寒地凍的歲末，不由得會對自家的未來作一番預測，想起天地間的一切事理，至爲公平，天道無親疏之分，一分耕耘便有一分收穫。但「家中無學子」，未來的希望，便帶幾分黯淡和淒涼。

唐詩冬季，便是晚唐的詩，也帶有幾許末世的傷感。所謂晚唐，是指文宗太和元年（西元八二七年）以後，到唐的亡國（西元九〇六年），其間約八十年。唐詩冬季，有如冬花冷豔、渾圓、凋剝與感傷。此季詩歌的特色：

(一)晚唐黨爭與進士浮華，帶來詩歌的晦澀與感傷。

(二)宮體豔詩、詠史詩的再度流行。

(三)對繁華的追憶與懷念，傷時淺俗詩的擡頭。

四詩藝的精湛與長短句的開展。

晚唐的文藝思潮，又流露出綺靡的文風，具有纖巧幽深，險僻冷豔的特色。從中唐韓愈之後，開孟寒賈瘦的詩，重技巧和形式主義，延伸到李賀的嘔瀝心血之作。於是晚唐的唯美詩，從李賀、杜牧的發端到李商隱、溫庭筠、段成式的三十六體⑬，形成唐詩多季冷豔詩風的主流。

細察晚唐詩風的形成，與當時的社會背景與時代因素有密切的關係。晚唐黨爭甚烈，牛李黨之爭，使朝中的政策不能貫徹到地方，造成藩鎮的坐大，引起了僖宗時的黃巢之亂。詩人逃避現實，於是寫實諷諭的詩風，漸次式微。加以晚唐的進士浮華，文士流連青樓不以爲怪，因此豔情小詩，杯觥之間的情歌，宮體豔詩再次流行。當時三十六體的詩被人推崇，流露出傷感的色彩，空虛的慨歎。然而在唯美的風尚下，尙有一批隱逸詩人，他們承中唐白居易新樂府的精神，標榜「正樂府」⑭，仍然表現了寫實和諷諭詩的特色，如皮日休、陸龜蒙、杜荀鶴、聶夷中等，替晚唐的離亂，寫下一些眞實生活的記錄。

晚唐詩的纖巧幽深，冷豔險僻，以杜牧、張祜、李商隱三家詩最爲人們所喜愛，無論宮體、

---

⑬晚唐李商隱、溫庭筠、段成式三人，皆排行第十六，都擅於駢體儷辭，時人稱爲三十六體。見《新唐書・文藝傳・李商隱》。

⑭見皮日休《皮子文藪・正樂府序》。

詠物、詠史等小篇，都是冷豔、圓熟，達到小詩登峯造極的境地。而李商隱的無題詩，更是具有一層神秘浪漫的綺情，詩中的隱晦幽深，啓開北宋西崑體的機運。自中唐以來，唐人有養伎之風，聲樂不絕，青樓絃管，於是長短句的詩樂大量興起，造成唐代另一種新體詩——詞的發生。

今列舉唐詩多季主要詩人和代表作品：

㈠冷豔詩和三十六體：杜牧、李商隱、段成式、溫庭筠、韓偓。

㈡風人體：張祜、杜荀鶴、聶夷中。

㈢正樂府詩：皮日休、陸龜蒙、鄭嵎、羅隱、韋莊、司空圖。

詩例：

拋毬樂　　敦煌曲

珠淚紛紛濕綺羅，少年公子負恩多，當初姊姊分明道，莫把真心過與他。仔細思量著，淡薄知聞解好麼？

江南春　　杜牧

千里鶯啼綠映紅，水村山郭酒旗風。南朝四百八十寺，多少樓臺煙雨中。

登樂遊原　　李商隱

向晚意不適，驅車登古原。夕陽無限好，只是近黃昏。

新添聲楊柳枝辭　　溫庭筠

井底點燈深燭伊，共郎長行莫圍棋；玲瓏骰子安紅豆，入骨相思知不知？

亂後逢村叟　　杜荀鶴

經亂衰翁居破村，村中何事不傷魂？因供寨木無桑柘，為點鄉兵絕子孫。還似平寧徵賦稅，未嘗州縣略安存。至今雞犬皆星散，日落前山獨倚門。

六　結論

唐詩富麗，上承周秦漢魏六朝詩風，下開五代宋元詞曲。細察唐詩三百年的發展，自有其春夏秋冬四季的變化。從王勃、杜審言展開「雲霞出海曙，梅柳渡江春」春季的詩，到盛唐李白、杜甫日麗中天的盛夏詩，轉而便是元稹、白居易的暖秋，自有一番「蘆葉荻花秋瑟瑟」的秋意，繼而李商隱的「夕陽無限好，只是近黃昏」，唐詩到此，迫近歲殘寒宵，冷豔淒清。然唐詩四季，各有姿態，在緜延數千年的中國詩史中，佔有一席極其輝煌的地位。

——民國七十七年一月二日《空大學訊》13 14期

從杜詩看杜甫的寫作技巧

一

杜甫是我國最偉大詩人之一，他的詩，沈鬱頓挫，氣魄磅礴，能「窮盡筆力，如太史公記傳」❶，與李白齊名，世人稱杜甫為「詩聖」，李白為「詩仙」，是我國數一數二的大詩人。

杜甫（西元七一二——七七〇年）生於盛唐時代，小李白（西元七〇一——七六二年）十一歲。在天寶三載（西元七四四年），他和李白、高適、岑參、賀知章等詩人相遇於洛陽，結為詩友。然後經常在一起喝酒賦詩，接席聯吟，儘管各人的際遇不同，詩風異趣，杜甫長於寫實，李

❶見宋・葉夢得《石林詩話》。

白長於寫情，岑參長於寫邊塞，但詩和酒使他們結下了深厚的友誼。直到天寶四載的秋天，他們在山東分別後，便沒有再會面，他們依然在詩篇中，表現了對友人的思念和敬仰。他們同在詩壇上，放出了異彩。

今存杜甫詩約一千四百餘首，李白詩約九百餘首，從作品的數量來看，不算是最多的作家，作品最多的是白居易，約三千首左右，但他們的成就，已是我國詩壇上的瑰寶。

杜甫詩云：「讀書破萬卷，下筆如有神。」❷又云：「文章千古事，得失寸心知。」❸又云：「爲人性癖耽佳句，語不驚人死不休。」❹又云：「陶冶性靈在底物，新詩改罷自長吟。」❺從杜甫的詩句中，可窺見杜甫寫詩的奧秘，發現他寫作的經驗和技巧，確有異乎尋常的地方。今就以上述四聯，以探測其作詩的要妙。

---

❷〈奉贈韋左丞丈〉。
❸〈偶題〉。
❹〈江上値水如海勢聊短述〉。
❺〈解悶〉。

二

首先，杜甫認爲要想把詩寫好，得博覽群書，充實自己，「讀書破萬卷」，下筆才能筆開生面。細讀前人的作品，揣摩寫作心得，一方面可以增長學養，開拓視野；另一方面可以體會作品中遣詞造句的精巧，表達情意的準確性。一般人寫詩，往往詞彙匱乏，或詞不達意，便是由於學養不足所致，要想突破寫作的第一道難關，只有讀萬卷書了。

杜甫畢竟是屬於「古典主義」的作家，所謂古典主義，講求作品的用字要精確，維護傳統寫作的規則，而表達情意，要合乎「發乎情而止乎禮義」的原則。它與唯情的浪漫主義，唯美的形式主義，或扭曲的狂熱藝術作品，迥然異趣。

從杜甫的詩句中，可知他是怎樣地勤學。他喜愛宋玉的辭賦，並謂「風流儒雅亦吾師」；他喜愛徐陵、庾信的文章，取其清新、老成的特色；他喜愛鮑照的作品，取其俊逸縱橫的筆力；他陶冶在六朝人的詩篇中，勸勉他的兒子宗武，要「熟精文選理」，將《昭明文選》視爲精讀的要籍。這些都說明了杜甫寫詩，是從傳統的作品中，吸取精華，從前人的寫作技巧中，攝取經驗，所以黃庭堅稱杜甫的詩：「無一字無來處。」❻

❻見宋・黃庭堅〈答洪駒父書〉。

試觀杜甫自述少年時的抱負，他說：「甫昔少年日，早充觀國賓。讀書破萬卷，下筆如有神。賦料揚雄敵，詩看子建親。……致君堯舜上，再使風俗淳。……」❼他從小勤學苦讀，抱負不凡，寫賦，願與揚雄匹敵；寫詩，願與曹植媲美。他希望能爲國效命，使國家太平，使民生安樂，風俗淳美。他有這種博大的胸襟，得力於平時的泛覽群書所致。

再看杜甫早年所寫的望嶽：

岱宗夫如何？齊魯青未了。造化鍾神秀，陰陽割昏曉。
盪胸生曾雲，決眥入歸鳥。會當凌絕頂，一覽衆山小。

借望泰山抒寫開闊的胸襟，胸懷之大，層雲可生；視野之闊，歸鳥能入。再有「登泰山而小魯」的超越氣象；一覽衆山小，決非凡夫俗子所能道出的句子。使他往後能寫詠懷古跡五首，秋興八首，戲爲六絕句諸類的詩，這些都是下筆有千鈞之勢的作品，難道不是他「讀書破萬卷」後所獲致的成果嗎？

❼〈奉贈韋左丞丈〉。

三

我國詩歌的傳統精神，是言志的、諷諭的。言志是包括情意的融和，以寫實、載道爲主體；詩歌中的諷諭，不是矛盾的諷刺語，而是不失其「溫柔敦厚」的美德。杜甫的詩，便是繼承初唐陳子昂的漢魏風骨，高度表現寫實的、諷諭的傳統詩風。

「文章千古事，得失寸心知。」杜甫在盛唐時期，能使詩歌的堂廡擴大，以寫實主義的創作精神，對唐代詩歌的發展，直接產生了積極的推動作用。他和浪漫詩人交往而不寫浪漫主義的詩，他和隱逸詩人交往而不寫田園山水的詩，他的作品是入世的，關心大衆的生活，國家的安危，不以一己的情懷作爲寫作的對象。他往來於京都河洛，在大江南北漂泊，體會了山川鍾靈的秀麗，觀察了民間生活的疾苦，蘊育了對人們、對河山、對社稷的熱愛，於是在他的作品中，流露出「仁政愛民」和「匡時濟世」的情操。杜甫詩的偉大，在於他與生民結合爲一體，與社稷、時代成一氣，如〈麗人行〉、〈兵車行〉、〈北征〉、〈羌村〉、〈三吏〉、〈三別〉之類的作品，都是取材於現實生活所見聞的事，使他的詩，被推崇爲「詩史」。

寫作是心靈寂寞的歷程。杜甫一生潦倒，仕途坎坷，生活困窮，他在不如意的環境中，找到寫詩做爲心靈的慰藉。文學是苦悶的象徵，榮華富貴的生活，只能寫些吟花弄月，無病呻吟的作品；唯有在困頓中，才能激發生命的潛能，寫出可歌可泣、有血有淚的詩篇。杜甫一生困頓，他在詩歌中得到補償，因此他寫詩，是付出了生命的代價，而臻於不朽的境地。

杜甫認爲致力於文章寫作，是千古的事業，與曹丕的「蓋文章，經國之大業，不朽之盛事」❽，看法一致。至於題材的選擇，情意的表達，全憑直觀和直覺。文學是藝術的一種，不是科學，科學重分析，文學重直觀，而「寸心」便是把握直觀和直覺感受的樞紐，其得失好壞，全憑一己之心來衡量。於是「露從今夜白，月是故鄉明」❾；「風月自清夜，江山非故園」❿，是他對景物的直觀所寫下的佳句，同樣是白露、明月、清風、江山，使他在直覺的感受上，和故鄉的迥然不同。他如：「紈袴不餓死，儒冠多誤身」⓫；「朱門酒肉臭，路有凍死骨」⓬，是對社會的直觀。「窗含西嶺千秋雪，門泊東吳萬里船」⓭；「老妻畫紙成棋局，稚子敲針作釣鈎」⓮，是對生活情趣的直觀。唯有獨具慧眼的大作者，才能寫下不朽的詩篇。

---

❽見《典論・論文》。
❾〈月夜憶舍弟〉。
❿〈日暮〉。
⓫〈奉贈韋左丞丈〉。
⓬〈自京赴奉先縣詠懷五百字〉。
⓭〈絕句〉四首。
⓮〈江村〉。

四

「語不驚人死不休」，說明杜甫寫詩的用心，尤其在短短的絕律中，鍛句鍊字，是何等地重要。詩歌是精美的語言，其間用字的精鍊，不能有一字浪費、一字空言的現象。何況唐人的近體詩，在字數上已有定數，在聲調上也有限制，怎樣在一定的格律中，涵蓋無盡的情意，便是詩人表現高度寫作技巧的所在。

杜甫的詩，很重視鍛句鍊字的技巧；而詩中的鍛句鍊字，也得與整首詩配合，要求詩的整體性。字句的鍛鍊，只是使一首詩顯得凸出，引人入勝，決非隻言慧語便可成詩。好比皇冠上的明珠，皇冠是整首詩，而那顆明珠，便是詩中警句或佳字所凸出的效果。今取杜甫詩中精闢的字句加以說明，以明其寫作技巧。

顏色字的使用，如「盤出高門行白玉，菜傳纖手送青絲」⑮；「朱簾繡柱圍黃鶴，錦纜牙檣起白鷗」⑯。詩眼的所在，即在詩句中以一字爲工巧的，如「星垂平野闊，月湧大江流」⑰中的

---

⑮〈立春〉。
⑯〈秋興〉八首之六。
⑰〈旅夜書懷〉。

「垂」和「湧」字，便是工巧的字。重言的使用，如「留連戲蝶時時舞，自在嬌鶯恰恰啼」⑱，「時時」和「恰恰」是重言，因爲狀物或狀聲之詞，用恰恰形容黃鶯的啼聲，新鮮而傳神。數字的使用，多數與少數造成對比，如「萬里清江上，三峯落日低」⑲。意象的濃縮，如「風急天高猿嘯哀，渚清沙白鳥飛廻」⑳，這兩句便包涵了六個意象，而六種意象的組合能統一，造成畫面的效果。借字對的使用，如「酒債尋常行處有，人生七十古來稀」㉑，這聯對仗自然工巧，尤以「尋常」對「七十」，便是絕妙，在此尋常作平常解，但尋常便以數目與七十對仗時，便是八尺爲「尋」，一丈六爲「常」，這便是使用借字對的技巧。流水對的使用，如「遙憐小兒女，未解憶長安」㉒，是一意相承，如流水一貫而下的對仗。雙關意的使用，如「正是江南好風景，落花時節又逢君」㉓，用「落花時節」暗示李龜年的落魄失意，不僅如此，也隱射自己的失時，也是時歌寬度的效果。倒裝句的使用，如「香稻啄餘鸚鵡粒，碧梧棲老鳳凰枝」㉔，應是「鸚鵡啄香

⑱〈江畔獨步尋花七絕句〉。
⑲〈畏人〉。
⑳〈登高〉。
㉑〈曲江〉。
㉒〈月夜〉。
㉓〈江南逢李龜年〉。
㉔〈秋興〉八首之八。

稻餘粒，鳳凰棲碧梧老枝」，但倒裝後，神采十倍。

以上都是杜甫詩中鍛句鍊字的技巧，由於篇幅所限，僅舉其一隅而已。

五

杜甫寫詩在排遣憂悶，陶冶性靈。從他詩集中所使用的標題來看，早年所用的標題是「遣興」、「遣懷」，中晚年之後，所用的是「遣憂」、「遣悶」、「遣憤」。這是一項小統計，從抒寫感興到排遣憂悶，也可以看出杜詩的風俗，由早期的輕快而轉變爲晚期的凝重，達到辣手作文章的境界。

杜甫每寫好一首詩，喜歡再三的吟讀，透過自我的吟讀，音韻是否鏗鏘，辭句是否順暢，主題是否明顯，便可察覺出來，有不妥的地方，加以修改，直到妥當爲止。同時，作者對一首詩的完成，那一部分表達得不够，那一部分是神來之筆，只有作者最清楚、最瞭解，所以一首詩的完成，要經過多次的修改，才能成爲渾圓無瑕的作品。所謂「得失寸心知」、「新詩改罷自長吟」，確是杜甫寫詩的經驗談，也是我們從事寫作可遵循的方法和途徑。

——刊於《明道文藝》

白居易燕子樓詩

一 弁言

白居易〈燕子樓詩〉，共三首絕句，可視爲唐人情感類的本事詩，唐孟棨的《本事詩》一卷，有情感、事感、高逸等七類的詩，就不曾提及燕子樓關盼盼的本事。然而唐宋人的紀事或隨筆，提及燕子樓的事頗多，使人想起關盼盼的佳話，以及對愛情的貞亮，倫常道德的維繫，至爲感人。尤其在唐代較開放的社會，以一歌妓的身分，仍能戀舊愛而不嫁，對張尙書的忠貞和情義，頗得時人的稱揚和讚頌。

本文在探討白居易寫〈燕子樓詩〉的動機和目的，以及有關燕子樓的事蹟，關盼盼的生平事略等，作一番探討和了解。可知唐代有「掃眉才子知多少，管領春風總不如」❶的豪放女，同時也有「燕子樓中霜月夜，秋來只爲一人長」的貞烈女，同爲世人所傳誦。

二　白居易〈燕子樓詩〉三首，是和張仲素的〈燕子樓詩〉，同時是依韻奉和的詩。

白居易的〈燕子樓詩〉三首，收錄在《白氏長慶集》卷十五的律詩中，詩中幷有序，使我們更了解白居易寫〈燕子樓詩〉的原因和關盼盼的身世。今將原詩抄錄如下：

〈燕子樓詩〉三首幷序

徐州故張尚書有愛妓曰眄眄❷，善歌舞，雅多風態。予為校書郎時，遊徐、泗間。張尚書宴予，酒酣，出眄眄以佐歡。歡甚，予因贈詩云：「醉嬌勝不得，風嫋牡丹花。」一歡而去，邇後絕不相聞，迨茲僅一紀矣。昨日，司勳員外郎張仲素繢之訪予，因吟新

---

❶見《唐詩紀事》卷七十九，薛濤，胡曾詩曰：「萬里橋邊女校書，枇杷花下閉門居；掃眉才子知多少，管領春風總不如。」

❷眄眄，《全唐詩》作盼盼。下同。

詩，有「燕子樓」三首，詞甚婉麗。詰其由，為眄眄作也。繢之從事武寧軍累年，頗知眄眄始末，云：「尚書既歿，歸葬東洛。而彭城有張氏舊第，第中有小樓，名燕子。眄眄念舊愛而不嫁，居是樓十餘年，幽獨塊然，于今尚在。」予愛繢之新詠，感彭城舊遊，因同其題，作三絕句。

滿窗明月滿簾霜，被冷燈殘拂臥牀。燕子樓中霜月夜，秋來只為一人長。

鈿暈羅衫色似煙，幾迴欲著即潸然。自從不舞霓裳曲，疊在空箱十一年。

今春有客洛陽迴，曾到尚書墓上來。見說白楊堪作柱，爭教紅粉不成灰。

從白居易〈燕子樓詩序〉中，得知白居易寫〈燕子樓詩〉，是因司勳員外郎張仲素來拜訪他，仲素並將自己寫的〈燕子樓詩〉三首，呈送給白居易，白居易感念十二年前到過張尚書家，接受宴席的款待，並看過關盼盼的歌舞表演，當時也曾贈以詩句。如今讀張仲素的〈燕子樓詩〉，覺得詞意婉麗可愛，感念彭城舊遊，因此，用張仲素同樣的詩題，並和原韻，寫了三首絕句。今《全唐詩》錄有張仲素的〈燕子樓詩〉❸，原詩如下：

---

❸見《全唐詩》卷三百六十七。錄有《張仲素詩》一卷，共三十九首。

〈燕子樓詩〉三首一作關盼盼詩　張仲素

樓上殘燈伴曉霜，獨眠人起合歡牀；相思一夜情多少，地角天涯不是長。
北邙松柏鎖愁煙，燕子樓人思悄然；自埋劍履歌塵散，紅袖香消已十年。
適看鴻雁岳陽回，又睹玄禽逼社來；瑤瑟玉簫無意緒，任從蛛網任從灰。

同時全唐詩在關盼盼名下，重複收錄這三首詩❹，因此「樓上殘燈伴曉霜」的三首〈燕子樓詩〉，到底是張仲素作的，還是關盼盼作的，便難以成爲定論。

從白居易的〈燕子樓詩序〉所載：「昨日，司勳員外郎張仲素繢之訪予，因吟新詩，有〈燕子樓〉三首，詞甚婉麗。詰其由，爲眄眄作也。」明白指示張仲素因感念關盼盼事，而作〈燕子樓詩〉三首，呈詩給白居易。因此「樓上殘燈伴曉霜」的三首〈燕子樓詩〉，爲張仲素所作，非關盼盼所作詩。

其次，張仲素在《全唐詩》中，今存有詩一卷，凡三十九首。讀其詩，仲素長於寫邊塞及閨怨類的詩，可與燕子樓閨怨的詩風格相似。如張仲素的〈秋思贈遠〉：

---

❹《全唐詩》卷八百二，收錄有關盼盼詩四首，即〈燕子樓〉三首，〈和白公詩〉一首。又句一則，爲臨歿口吟的「兒童不識冲天物，漫把青泥汚雪毫」。

博山沈燎絶餘香，蘭燼金槳怨夜長。為問青青河畔草，幾回經雨復經霜。

又如他的〈漢苑行〉二首：

回雁高飛太液池，新花低發上林枝。年光到處皆堪賞，春色人間總不知。

春風淡蕩景悠悠，鶯囀高枝燕入樓。千步回廊聞鳳吹，珠簾處處上銀鈎。

讀張仲素其他的閨怨宮體，與白居易評〈燕子樓詩〉，「詞甚婉麗」，風格相同。且白居易的評語允當，能點出張仲素詩的特色。

反觀關盼盼，在《全唐詩》中共收有詩四首及句一則。關盼盼是個貞亮的女子，但非擅長於詩的詩人，不類乎薛濤、魚玄機等能作詩。關盼盼既非詩人，不可能作如此婉麗的〈燕子樓詩〉。

（張仲素，字繪之❺，河間人，唐憲宗時爲翰林學士、司勳員外郎等職。）

三　燕子樓與關盼盼的佳話

燕子樓的地點，在徐州彭城西北隅，即今江蘇省銅山縣。唐張建封於德宗貞元四年（西元七八八年）爲徐州刺史，兼御史大夫，徐、泗、濠節度使。建封在彭城十年，即貞元四年至貞元十四年（西元七九八年）❻。貞元十六年（西元八〇〇年），建封卒，享年六十六。其後，張建封之子張愔繼父蔭，初授虢州參軍。元和年間，有功，授驍衞將軍、兼徐州刺史、御史中丞，在徐州七年❼。燕子樓爲張尚書的寓邸，因關盼盼居其間而名稱著。

明李賢等所編的《大明一統志》❽及明陳循所編的《寰宇通志》❾，在徐州，均提及燕子

---

❺張仲素，字繪之，《白氏長慶集》作「繢之」，《全唐詩・小傳》作「繪之」。

❻見《舊唐書》卷一百四十，〈張建封傳〉：「建封在彭城十年，軍州稱理。……十六年，遇疾，……建封卒，時年六十六。」《新唐書》卷一百五十八，〈張建封傳〉：「治徐凡十年，躬於所事，一軍大治。」

❼見《舊唐書》卷一百四十，〈張愔傳〉。《新唐書》卷一百五十八，〈張愔傳〉。蓋〈張愔傳〉均附於〈張建封傳〉後。

❽《大明一統志》卷十八，徐州，在「宮室」欄下，記載「燕子樓」事。

❾《寰宇通志》卷二十二，徐州，在「樓閣」欄下，記載「燕子樓」事，然文字與《大明一統志》所載相同。

樓，記錄的文字大同小異。今引《大明一統志》的文字如下：

> 燕子樓，在州城西北隅，唐貞元中，尚書張建封鎮徐州，有妾曰盼盼，為築此樓以居之。建封既卒，盼盼樓居十餘年不嫁。宋文天祥詩：「自別張公子，嬋娟不下樓；遂令樓上燕，百歲稱風流。」

燕子樓爲關盼盼所居住的樓，由於張尚書去世後，盼盼樓居十餘年而不嫁，誠如白居易在〈燕子樓詩序〉中引張仲素所云：「尚書既歿，歸葬東洛，而彭城有張氏舊第，第中有小樓，名燕子。盼盼念舊愛而不嫁，居是樓十餘年，幽獨塊然，于今尚在。」由於關盼盼有情義，戀舊愛而不嫁，爲世人所稱揚，於是名著一時。誠然關盼盼是個深情有情義的女子，能守節情不移，難怪重情義、重詩統的白居易，聽到關盼盼的近況，不禁要寫詩加以稱揚。

白居易的〈燕子樓詩〉三首絕句，各自獨立非聯章的詩。第一首寫晚秋的霜月夜，關盼盼猶能「秋來只爲一人長」，暗示身世、年景的孤寒淒冷，猶不忘舊恩。第二首寫張尚書謝世後，十一年來不再歌舞，舞衫壓箱，而回憶往年繁華事，不禁潸然。第三首寫今春有客（指張仲素）來訪關盼盼，並到張尚書墳前憑弔。最後兩句：「見說白楊堪作柱，爭教紅粉不成灰？」是白居易對燕子樓的佳話作評，指張尚書墳頭的白楊樹已拱把可作柱，然而紅粉知己卻尚在人間癡守。

然而好事者認爲白居易〈燕子樓詩〉最後兩句是諷關盼盼，張尚書死後，關盼盼不能殉情從之地下。十一年後，關盼盼讀白詩後，有〈和白公詩〉一首⑩：

自守空樓斂恨眉，形同春後牡丹枝；舍人不會人深意，訝道泉臺不去隨。

《全唐詩．關盼盼小傳》云：「關盼盼，徐州妓也。張建封納之，張歿，獨居彭城故燕子樓，歷十餘年。白居易贈詩諷其死，盼盼得詩，泣曰：『妾非不能死，恐我公有從死之妾，沾清範耳。』乃和白詩，旬日不食而卒。」

關盼盼〈和白公詩〉，是否爲關盼盼所作，都很難確定，恐爲好事者所作，以增關盼盼的韻事佳話；且說關盼盼寫和詩後，竟不食而死，更使燕子樓事，成爲傳奇。

南宮搏亦曾有〈燕子樓人事考述〉一篇，以爲張仲素和白居易的〈燕子樓詩〉，是恰逢當時傳奇故事流行的時代，關盼盼的故事，本非傳奇，但好事者衍爲傳奇，這和〈李娃傳〉、〈霍小玉傳〉等，同屬誇張虛構之作⑪。

⑩見《全唐詩》卷八百二。

⑪見《東方雜誌復刊》第四卷第一期。

四　關盼盼究竟是何人的愛妓，為誰守節燕子樓？

依據《全唐詩》及地理志如《大明一統志》、《寰宇通志》等記載，以及唐宋人的詩話、筆記，如《妝樓記》、《釵小志》、《麗情集》、《唐詩紀事》等，都認為關盼盼是張建封的愛妓或愛妾。今將筆記中記載關盼盼的事蹟，引述如下：

唐張泌的《妝樓記》：

「粉指印青編」，徐州張尚書妓女多涉獵，人有借其書者，往往粉指痕並印於青編⑫。

唐朱揆傳的《釵小志》：

燕子樓：張建封節制武寧，納妓盼盼於燕子樓，公薨，不它適⑬。

---

⑫見新興書局《筆記小說大觀》第五編第三冊。
⑬見新興書局《筆記小說大觀》第五編第三冊。

宋張君房的《麗情集》：

燕子樓集：盼盼，徐之名倡，張建封納之于燕子樓。張卒，盼盼思之，問者輒答以詩，僅三百篇，名燕子樓集⑭。

宋計有功的《唐詩紀事》：

張建封妓：樂天有和燕子樓詩，其序云：徐州故張尚書有愛妓盼盼，……盼盼得詩後，怏怏旬日不食而卒，但吟詩云：「兒童不識冲天物，漫把青泥汚雪毫。」⑮

這些筆記所記軼事，益增關盼盼的佳話和燕子樓的傳奇。然《舊唐書》、《新唐書》均收錄有張建封及其子張愔的傳，但均未提及關盼盼與燕子樓的事。

從《新唐書》、《舊唐書》張建封及張愔的傳，並配合白居易〈燕子樓詩序〉等資料，依年代的推算，則關盼盼應是張愔的愛妓，而非張建封的愛妓。只有清代汪立名的《白香山年譜》，

⑭見新興書局《筆記小說大觀》第五編第三册。
⑮見《唐詩紀事》卷七十八，〈張建封妓〉條。

才提到關盼盼是張愔的愛妓，但也沒有作詳細的考證。汪氏的《白香山年譜》，德宗貞元二十年甲申（白居易三十三歲，西元八〇四年）記載：

> 燕子樓詩序云：「予為校書郎時，遊徐、泗間，張尚書宴予，酒酣，出眄眄以佐歡，歡甚，予因贈詩云：『醉嬌勝不得，風嫋牡丹花。』」意亦在此年。燕子樓事，世傳為張建封。按：建封死在貞元十六年（西元八〇〇年），且其官為司空，非尚書也。尚書乃其子愔。麗情集誤以為建封爾。此雖細事，亦可正千載傳聞之謬⑯。

汪立名的說法是正確的，如果我們配合白居易的登科和出任校書郎的年代，與張建封、張愔父子的事蹟對照，便不難了解關盼盼燕子樓的事，是在張愔時代，而非張建封的年代。今列表紀事如下：

德宗貞元四年 788 A.D. 白居易17歲，張建封爲徐州刺史，在彭城。

貞元十四年 798 A.D. 白居易27歲，張建封在彭城十年，軍州稱理。

貞元十五年 799 A.D. 白居易28歲，爲南方州縣所選的貢舉，到長安應進士第。

---

⑯見中華書局四部備要本《白香山詩集》，其中附有清汪立名所撰《白香山年譜》。

貞元十六年 800 A.D. 白居易29歲，登進士第。張建封卒，享年六十六。張建封子張愔蔭授虢州參軍。

貞元十八年 802 A.D. 白居易31歲，再應吏部試，中拔萃甲科，任秘書省校書郎。

貞元十九年 803 A.D. 白居易32歲。張愔因平亂，殺鄭通誠、楊德宗等有功，乃授愔爲驍衛將軍，兼徐州刺史，檢校工部尚書[17]。白居易〈燕子樓詩序〉云：「予爲校書郎時，遊徐、泗間，張尚書宴予，酒酣，出眄眄以佐歡。歡甚，予因贈詩云：『醉嬌勝不得，風嫋牡丹花。』」張尚書愔宴白居易，當在此年。

貞元二十年 804 A.D. 白居易33歲。

順宗永貞元年 805 A.D. 白居易34歲。

憲宗元和元年 806 A.D. 白居易35歲，應制策登才識兼茂明於體用科第四，補盩厔縣尉，是年十二月或次年春作〈長恨歌〉。張愔徵爲兵部尚書，尋病卒。

元和二年 807 A.D. 白居易36歲，入爲翰林學士。

---

[17] 見《舊唐書》、《新唐書》〈張愔傳〉。

元和三年　808 A.D.　白居易37歲，遷左拾遺。

元和六年　811 A.D.　白居易40歲，母陳氏卒於長安宣平里，享年五十七歲。白居易居喪。

元和九年　814 A.D.　白居易43歲，喪服滿，入朝，授太子左贊善大夫。白居易〈燕子樓詩序〉云：「昨日，司勳員外郎張仲素繢之訪予，因吟新詩，有〈燕子樓〉三首，詞甚婉麗。詰其由，為眄眄作也。」張仲素見白居易，並呈〈燕子樓詩〉當在此年，白居易因作〈和燕子樓詩〉。其序中云，距上次至張尚書家，見關盼盼歌舞，「迨茲僅一紀矣」。故自貞元十九年至元和九年，前後共十二年。

元和十年　815 A.D.　白居易於是年秋，貶為江州司馬。

《舊唐書》記載，張愔曾任檢校工部尚書，元和元年，被疾，徵為兵部尚書，未出界卒，在彭城七年。而白居易的〈燕子樓詩〉，當作於元和九年。元和十年秋，白居易貶為江州司馬。

五　結論

關盼盼燕子樓的佳話，唐、宋時均有詩文傳誦其事，視為佳話。元侯正卿曾將此事編成〈關盼盼春風燕子樓〉雜劇，以演其故事，宣揚關盼盼的貞亮與情義。

本篇之作，在探討張仲素所作〈燕子樓詩〉三首，非關盼盼的作品，理由有三：一爲白居易在〈燕子樓詩序〉中，已指明張仲素因感念關盼盼事，而作〈燕子樓詩〉。白居易的〈燕子樓詩〉，是和張仲素的詩。二爲張仲素今存有詩一卷，共三十九首，擅寫邊塞及閨怨詩，〈燕子樓詩〉三首，與張仲素所寫的閨怨詩，在風格上正可以配合。三爲關盼盼不擅於詩，不可能作如此婉麗的〈燕子樓詩〉。

其次，白居易撰〈燕子樓詩〉，應在唐憲宗元和九年（西元八一四年）。關盼盼應爲張愔的愛妓，而非張建封之愛妓，從白居易的〈燕子樓詩序〉所提的事蹟，依年代推測，白居易任校書郎時，張建封已卒，而序中所云「張尚書」應爲張愔，因張建封不曾任尚書職。然一般記載關盼盼事蹟之文獻資料，均作張建封，似有傳抄失察之處。

——民國七十七年一月第一屆國際唐代學術會議論文

樂府詩導讀

一　樂府的由來

「樂府」——官府的名稱，也是民歌的代稱，而「樂府詩」便是泛指民間歌謠而言。其後文人大量仿製民歌，成爲我國主要詩體的一種。它與「古體詩」、「近體詩」三者，構成我國古典詩歌主要的形態和體裁。

探討「樂府」一辭的由來，起源於西漢。西漢惠帝時，任夏侯寬爲「樂府令」，樂府令是掌理朝廷宗廟祭祀、君臣宴飲用樂的長官，本屬於奉常的太樂或太樂令，是六令之一，景帝時將前朝的奉常改名爲太常。《漢書・百官公卿表》：

奉常，秦官，掌宗廟禮儀。景帝六年，更名太常，屬官有太樂、太祝、太宰、太史、太卜、太醫六令丞。

到西漢武帝時，朝廷宗廟祭祀的制度才確立，因祭祀要用音樂和舞蹈，於是在元鼎六年（西元前一一一）成立樂府官署，該官署主要的任務，便是採集民間的歌謠，加以增飾，供朝廷祭祀宴享時所需用的音樂。因此「樂府」一詞，始爲一般人所通用。其含義本指官署名，同時，也指民間歌謠。

依據文獻資料的記載，漢武帝設立樂府署的實際情形是：

至武帝定郊祀之禮，祠太一於甘泉，祭后土於汾陰，乃立樂府。采詩夜誦，有趙、代、秦、楚之謳，以李延年為協律都尉，多舉司馬相如等數十人造為詩賦，略論律呂，以合八音之調，作十九章之歌。《漢書・禮樂志》

武帝爲了祭天地需要用樂，才成立樂府官署，並任他的內兄李延年爲「協律都尉」，司馬相如等作郊祀的歌詞，今《漢書・禮樂志》中，有「十九章」的歌詞。但樂府署在文學上最大的貢獻，便是採詩。當時採集民歌的範圍，包括趙、代、秦、楚等地，相當於今日的：

趙——河北南部，山西東部，河南黃河以北地區。
代——河北蔚縣北。
秦——陝西、甘肅一帶。
楚——湖北、湖南、安徽、江蘇、浙江、四川巫山以東、廣東蒼梧以北等地。

漢武帝設立樂府官署，是繼周代太師採集《詩經》之後，第二次大量採集各地民歌的工作。採集的地區，遍及黃河、長江流域。漢樂府保存了漢代民歌的眞面目，成爲後人研究漢代文學不可或缺的原始資料。它的價值，可與「漢賦」相媲美。

由此可知，「樂府」一辭，源於西漢惠帝武帝時代，本爲樂府官署，後來便成民歌或仿製民間歌謠這類詩體的代稱。它是繼《詩經》、《楚辭》之後的一種新體詩，成爲我國韻文中主要詩體之一。因此，樂府的名稱雖起源於漢代，但樂府的事實，是由來已久。自有生民以來，便有民歌，只是漢以前的民歌，稱爲「國風」、「楚辭」，簡稱爲「風」、「騷」，漢以後的民歌，便稱爲「樂府」。

二　樂府詩的特性

好的文學，大抵來自民間。在民間文藝中，最出色、最鮮明的一頁，便是民歌。其後，文人整理民歌或仿造民間歌謠，便成爲我國歷代韻文的主流，所謂周代的《詩經》，戰國時代的《楚辭》，漢代的樂府，魏晉南北朝的吳歌西曲，唐代的詩、敦煌曲子詞，五代、宋的詞，遼、金、元的曲，明、清的民歌、傳奇，在在都是發生於民間，然後影響到一代的文風，成爲一時代的文學主流。

我國歷代的韻文非常發達，因此韻文的名稱也特別多，有風、騷、辭、賦、樂府、詩、詞、曲等名稱。大致而言，齊言的稱「詩」，長短句的稱「詞、曲」。但無論是齊言的詩或長短句的詞曲，都脫離不了音樂，樂府詩也不例外，所以我國的韻文，它的特色，在於「音樂文學」，或稱爲合樂的「聲詩」。

樂府詩是民間歌謠的轉化，它結合了「詩」、「樂」、「舞」三種藝術的混合體。在我們日常所用的聯緜詞中，有「歌舞」、「詩歌」的辭彙，而歌——指音樂，便是文字詩和舞蹈的樞紐，因此音樂是詩歌中的靈魂。樂府詩便是合樂的詩，是最正統的音樂文學。詩和音樂舞蹈結合在一起，最容易顯示出節奏的美、聲容的美和情韻的美；相反的，詩擺脫掉音樂和舞蹈，便是「純詩」，與原始的形態相較，要黯然失色多了。

例如臺灣民歌中有一首〈丢丢銅〉，這是一首家喻戶曉的民歌，唱起來既詼諧又熱鬧，好聽極了，如果把音樂、舞蹈的部分剔除，那只剩下，「火車過山洞，一滴水從隧道中掉下來」。同樣的，商代有一首古老民歌，錄在卜辭中，歌詞是：

癸卯卜：今日雨？其自西來雨？其自東來雨？其自北來雨？其自南來雨？

這樣簡單的歌詞，不外是「今天會下雨嗎？從那一方下來的雨」，還要費那麼大的力氣，點出西東北南，盡是費詞；因此使人聯想到漢樂府中的那首〈江南〉，歌詞是：

江南可採蓮，蓮葉何田田。魚戲蓮葉間，魚戲蓮葉東，魚戲蓮葉西，魚戲蓮葉南，魚戲蓮葉北。

歌詞是簡單明瞭，如果配合樂曲吟唱，一定是一首很動聽的民歌，可惜，漢人是怎樣唱〈江南〉，今已不可得聞。但田田的蓮葉，東一片，西一片，意象倒是很新鮮顯明的，而江南人採蓮子，掘蓮藕的生活，卻隱藏在詩的外面，所謂絃外之音，言有盡而意無窮。

從這裏我們得到一些啓示：樂府詩的特性，在於它是合樂的詩。怎樣從音樂入手來探究一首詩，是值得我們注意的問題，末尾四句的東西南北，必然是採疊唱，造成節奏上的效果，那便是民歌中「送聲」的使用了。何況民間音樂的特色，可以表達强烈而獨特的民族性。一般民歌，不是娛樂他人的表演，而是人們眞實生活的寫照。因此，瞭解一首樂府詩，不僅瞭解當時音樂的特性，同時也牽連到該地區的民族性，生活方式，以及發生特殊的事件和人們的遭遇，於是民歌給民俗學、社會學、史學帶來珍貴的資料。就如連橫在《臺灣通史》中所說的：「風俗旣殊，歌謠亦異。」就是這個道理。

其次，樂府詩的特性，不僅是音樂的特色，生活的寫照，民俗的記錄，民族性的表現；而且民歌所使用的語言，是大衆的語言，俚俗、樸質而生動，其中有些傳神的語言，並非文人專事雕章琢辭所能道得出來的。詩歌是濃縮的語言，精美的語言，又是彎曲的語言，能體會這個道理，可說是已獲得詩中的三昧。例如〈上邪〉這首：

> 上邪！我欲與君相知，長命無絶衰。山無陵，江水為竭，冬雷震震夏雨雪，天地合，乃敢與君絶。

這是何等濃縮精美的愛情「誓言」，指天爲證，除非山變成平地，江水乾掉，冬天打雷，夏天下雪，天地混爲一體，才敢不與你「相知」，與你斷絕來往，純情極了。而「上邪」就是蒼天啊，「相知」就是相愛，俚俗而拙樸，口語化而有鄉土味。確是一首很好的漢代樂府。

又如〈孔雀東南飛〉的開端：

> 孔雀東南飛，五里一徘徊。十三能織素，十四學裁衣，十五彈箜篌，十六誦詩書，十七為

君婦，心中常苦悲。……

「孔雀東南飛，五里一徘徊。」這兩句好像跟下面的詩句不聯貫，而歷代的解釋，都沒有切中詩歌中特殊的用語。其實這兩句是使用彎曲的語言，古人稱爲「興」，是看到布帛上所織出孔雀的紋彩，因此劉蘭芝聯想到自己十三歲時學過織布，十四歲時學過裁縫。而詩中連用十三、十四、十五、十六，表面好似無意義的鋪敍，其實是增加劉蘭芝身價，不是隨隨便便就嫁到焦家來，她起碼是「新娘學校畢業」或「專科學校畢業」的身分，也學過不少的東西，才嫁到焦家來，而沒想到焦家竟是這樣對待她。「十七爲君婦，心中常苦悲。」便是全詩的綱領，悲劇故事詩的伏筆。這是一首東漢末葉的民歌，其中可探討的問題很多，諸如漢代女子的服裝，民間的節日，家庭中婆媳的問題，悲劇形成的因素，漢人稱謂的習慣，口語的使用等，都可以因這首詩得到珍貴的答案。

又如〈子夜歌〉：

我念歡的的，子行由豫情。霧露隱芙蓉，見蓮不分明。

這是一首六朝時的情歌，「歡」是歡子，愛人；「的的」，明確貌。「由豫」，三心兩意，遲疑不決。後兩句是歇後雙關語，霧露隱芙蓉見蓮不分明。其次芙蓉諸隱夫容，蓮諸隱憐，憐卽是愛。後兩句使用彎曲的語言，巧妙極了，幾乎達到可意會不可言傳的境地。第一層意義是說霧遮掉荷花，看蓮花不太淸楚。其實這是障眼手法，眞正的意義在第二層，是說霧露遮掉夫的容貌，被愛與否，不太分明，與「子行由豫情」呼應。這種詩，達到活語言的使用，有深入淺出的效果。如果加上男女贈答，「和聲」的使用，在歌唱上的效果，又不知要增加多少倍。

他如〈陌上桑〉中的「但坐觀羅敷」，「但坐」是只因的意思；〈淮南王篇〉的「後園鑿井銀作牀」，「牀」指井欄，與李白〈長干行〉「遶牀弄青梅」的「牀」，意義是相同的；〈有所思〉中的「妃呼豨」，是和聲，無意義的虛辭。這些都是漢樂府記錄下漢人的口語，新鮮而活潑，同時也可供今人研究古代語法的最好資料。

以上所擧的例子，只是其中的一隅，不外說明樂府詩所使用詩語的特性，幾乎達到語言效用的極限。所以詩歌所使用的語言，眞是錦口繡心，嘔心瀝血的結晶。

三　樂府詩的分類

前人對於樂府詩的分類，大致是從採集地區、歌謠發生的年代加以分類，後來樂府詩增多了，又有從音樂的性質，詩歌的內容加以分類。

樂府詩爲甚麼需要分類，分類的目的何在？因爲樂府詩有時代性的差別：例如漢代的〈清商曲〉，多爲長篇的敍事詩，但六朝的〈清商曲〉，卻是小篇道情的戀歌，而唐人的清樂，又是中原俗樂的總稱，由於時代不同，清樂的發展變化亦有不同。樂府詩有地域性的不同：江南水澤多，山溫水柔，多纏綿哀怨的詩歌，北地黃土沙塞，冰寒雪厲，多剛貞豪健的詩歌。例如同是六朝的作品，江南的吳歌西曲，其聲哀苦，柔婉多情；江北的北歌——梁鼓角橫吹曲，其聲激厲，豪健朗爽。劉師培曾有〈南北文學不同論〉，大致說明地理環境的不同，所產生的文學形態亦有差異。樂府詩有音樂性的區分；夏音和胡聲，風格兩致，節奏不同，所用的樂器也大不相同。例如漢代的〈清商曲〉、〈相和曲〉，爲中原本土的樂歌，〈鼓吹曲〉、〈橫吹曲〉，是國外輸入的胡歌。又如唐人的〈竹枝詞〉、〈楊柳枝〉，是巴渝洛下的街陌情歌，〈涼州詞〉、〈霓裳羽衣曲〉，便是西涼、龜茲之類的胡樂。樂府詩有民族性的分野；古人云：「文如其人。」也可以說：「歌如其族。」一個民族有它自己獨特的音樂，從民歌中，可辨別其民族性。例如秦聲激切，民性驃悍，楚聲哀苦，民性柔弱，燕趙慷慨悲歌，民性豪爽。因此隴西秦氏，秦地女子；木蘭羅敷，燕趙女子；子夜莫愁，楚地女子。族類不同，聲樂也有分野。樂府詩有用樂性質的不同：郊廟歌是祭祖先宗廟、郊祀天地的頌歌，燕射歌是君臣宴饗、大射、食舉的雅樂，鼓吹、鐃歌，用於軍中，散樂、雜舞，便是黃門倡者、俳優娛賓的歌舞雜奏。用樂的性質不同，雅頌的歌多四言，其他便是五言的新變聲。漢武帝時，司馬相如等作十九章之歌，存於《漢書・禮樂志》

中，為四言祭祀的樂歌，而民間採進的樂府，如〈上山采蘼蕪〉、〈白頭吟〉、〈羽林郎〉、〈東門行〉等，都是五言的「新聲曲」或「新聲變曲」。

樂府詩是與音樂有關聯的音樂文學，所以詩體的變化與音樂的變遷有密切的關係。漢代楚聲流行，胡樂大量輸入，引起傳統音樂與新興音樂的衝激，所謂雅樂夏音是正聲，便是傳統，胡樂楚聲或胡漢混合的新聲，便是新變聲。傳統是四言詩句，新變聲是五言詩句，新興的詩體，所以從音樂聲詩可以探索出五言詩的發生和成立的過程，而在文學史上所爭論的五言詩發生的年代問題，也可迎刃而解。五言詩起源於李陵蘇武說，起源於古詩十九首說，起源於建安詩人說等均缺乏音樂的基礎，正確的答案，應起源於俳優倡樂，也就是五言詩起源於西漢的樂府詩，所以〈邪徑敗良田〉、〈江南〉、〈白頭吟〉等，皆是當時的新變聲、新體詩。《漢書・佞幸傳》說：「李延年善歌，為新變聲。」便是很好的證據。他出任樂府署的協律都尉，也是最佳人選，他替他妹妹所撰寫的「廣告歌」，使武帝大為寵愛李夫人，多少受了李延年的那首「北方有佳人」的影響，歌詞是：

北方有佳人，遺世而獨立；一顧傾人城，再顧傾人國。寧不知、傾城與傾國，佳人難再得。

詩中的「寧不知」三字，似乎破壞了五言的局面，「寧不知」是歌唱時所加入的「和聲」，可有可無。世後因前代音樂的失傳，「和聲」的部分往往被删除，實在很可惜。

關於樂府詩的分類，西漢時只依採進的地區而分，有趙、代、秦、楚之謳，分類不很顯著。東漢時，因用樂的性質不同，而樂的使用要配合禮儀，於是在明帝永平三年（西元六十），據《隋書．樂志》記載，樂分四品：

（一）大予樂：郊廟上陵所用。

（二）雅頌樂：辟雍燕射所用。

（三）黃門鼓吹樂：天子宴羣臣所用。

（四）短簫鐃歌樂：軍中所用。

其後歷朝樂曲的分類，代有沿革，不適於研究樂府詩之用，北宋郭茂倩編《樂府詩集》一百卷，總括歷代樂府歌詞，上起唐虞，下迄五代，共分爲十二類，包羅了時代、用樂的性質、發生的區域、樂曲的流變等，可算是較爲詳備的分類。其分類如下：

（一）郊廟歌辭。

（二）燕射歌辭。

（三）鼓吹曲辭。

（四）橫吹曲辭。

（五）相和歌辭：包括相和六引、相和曲、吟歎曲、四弦曲、平調曲、清調曲、瑟調曲、楚調曲、大曲。
（六）清商曲辭：包括吳聲歌曲、神弦歌、西曲歌、江南弄、上雲樂、雅歌。
（七）舞曲歌辭：包括雅舞、雜舞、散樂。
（八）琴曲歌辭。
（九）雜曲歌辭。
（十）近代曲辭。
（十一）雜歌謠辭。
（十二）新樂府辭。

樂府詩的分類，只是便於瞭解，易於識別罷了，其中的複雜性，可參考史書中的樂志或音樂志，政書中的樂略等書。

近人對樂府的分類，趨於單純簡化，黃侃《文心雕龍札記・樂府第七》中，依歌詞的入樂和不入樂來區分，約可分四種：

（一）樂府所用本曲：如漢相和歌辭中的〈江南〉、〈東光〉。
（二）依樂府本曲所作辭，但仍入樂可唱的：如曹操依〈苦寒行〉而作〈北上〉，曹丕的〈燕歌行〉。

(三)依樂府舊題以製辭，但已不入樂的：如曹植、陸機等所作的樂府詩。

(四)不依樂府舊題而另創新題，也不能合樂的：如杜甫的〈悲陳陶〉、〈麗人〉、〈兵車〉等，白居易的新樂府，皮日休的正樂府。

這種分類是以入樂的條件來分類，一二兩類可以入樂，三四兩類只是借樂府的名稱來寫淺易的詩，不能入樂。

此外樂府詩又名歌行體，是從詩的命篇，也可區別是樂府詩與否。一般樂府詩的標題，常用「歌」、「行」、「唱」、「引」、「操」、「弄」、「樂」、「曲」、「篇」、「吟」、「歎」、「調」、「辭」等字，如〈短歌行〉、〈採菱曲〉、〈襄陽樂〉、〈柘枝詞〉、〈江南弄〉之類。因此只要看詩題，便可判斷是樂府詩還是古體詩或近體詩。

四　樂府詩的源流及其發展

樂府詩的由來，在開端已約略提到。樂府之名，起於西漢，西漢以前的民歌，在《詩經》稱爲〈國風〉，在《楚辭》是爲〈九歌〉，在《荀子》是爲〈成相〉；其間也有文人仿照民歌的作品，《詩經》中的雅頌，《楚辭》的騷體，《荀子》中的短賦、〈成相〉，便是顯著的例子，只是西漢以前的民歌，時代久遠，多已失傳，除了上述的一些外，清人沈德潛編《古詩源》，其中古逸詩約有兩百多首，然眞僞難辨，只好從略。

（一）兩漢樂府詩

漢高祖時，叔孫通開始制定禮儀，樂用制氏，定宗廟祭歌，唐山夫人作〈房中歌〉以祭劉家祖先，宗廟祭歌才用楚聲，並配以武舞文舞，即武德舞和文始舞。惠帝二年，使樂府令夏侯寬將〈房中歌〉更名爲〈安世樂〉，而簫管之器，更趨完備，但其他典樂，多沿用前朝舊曲。

武帝雄才大略，東征西討，四夷歸順，功成後，重視禮樂，成立樂府署，大量採集各地民間歌謠，以備宮廷宴樂之用，郊廟祭歌，便由文人作詞，樂工配樂，由於國力强大，胡樂也被帶到中原來，形成了胡漢文化的大融和，從此漢代的詩樂興盛，樂府詩因此也流傳下來。成帝時，好鄭聲，黃門倡者如丙彊、景武等，富甲一時；到哀帝時，性不好音，詔罷樂府官，至王莽，禮樂陵夷。

東漢明帝時，修復舊典，樂分四品，稍能恢復西漢禮樂的舊觀，但東漢末葉之亂，朝廷雅樂又告亡失。今所存漢人樂府詩，連同文人的詩在內，據丁福保所輯的《全漢詩》，也不過三百七十四首。

漢樂府的特色，在寫實敍事，其間不少佳作，可反映漢人的生活、民情、民俗，以及民間的遭遇。例如反映民間疾苦的樂府，有〈孤兒行〉、〈婦病行〉、〈出東門〉等；敍述征役覊旅的哀歌，有〈戰城南〉、〈十五從軍征〉、〈飲馬長城窟行〉等；對愛情怨慕的戀歌，有〈上邪〉、〈有所思〉、〈白頭吟〉等；對官吏靡亂的諷歌，有〈羽林郎〉、〈陌上桑〉、〈鷄鳴高樹顛〉等；表現曠放遊仙的浩歌，有〈西門行〉、〈王子喬〉、〈善哉行〉；抗拒死亡的哀歌，有〈長歌行〉、〈薤露〉、〈梁甫吟〉等；還有反映家庭倫理悲劇的歌謠，有〈古豔歌行〉、〈上山採蘼蕪〉、〈孔雀東南飛〉等。

這些通過口語，使用拙樸語言的民歌，反映現實生活的廣闊和深刻，都給後人帶來深刻的印象；尤其帶有情感的敍事，造成浪漫性和戲劇性的效果，是樂府文學中的上上品，如〈陌上桑〉、〈孔雀東南飛〉等長詩，是我國故事詩的瑰寶，蔡琰的〈悲憤詩〉、辛延年的〈羽林郎〉、宋子侯的〈董嬌嬈〉，都是受民歌的鼓蕩而產生的故事詩。

(二) 魏晉南北朝樂府詩

魏晉的聲詩樂府，多沿漢代清商、相和舊曲，然朝中的雅樂已淪喪殆盡。魏武帝平荊州，得漢雅樂郎杜夔，其後又有鄧靜、尹商、尹胡等樂工，協助杜夔整理雅樂，舞曲便由馮肅、服養加以整理敎習，但所得的詩，僅〈鹿鳴〉、〈騶虞〉、〈伐檀〉、〈文王〉四篇，到魏明帝時，左延年任樂官，只能演奏〈鹿鳴〉而已。然胡樂流行，朝廷樂歌也雜用胡聲。左思〈魏都賦〉云：「鞮鞻所掌之音，韎昧任禁之曲，以娛四夷之君，以穆八方之俗。」鞮鞻是掌胡樂的官員，東夷的樂曲爲韎，南夷的樂曲稱任，北夷的樂曲叫昧、禁，西夷的樂曲稱株離。因此魏繆襲改漢鼓吹鐃歌爲十二曲，西晉傅玄襲魏聲爲二十二曲，都是胡聲。

永嘉以後，晉室東遷，是爲東晉。長江以北，爲五胡十六國，是爲北朝；江南自東吳、東晉，歷宋、齊、梁、陳，均都建業，史稱六朝，宋以下稱南朝。今觀南北朝之間，南朝雖儘量修復舊樂，但胡聲兼入；北朝自拓跋氏以來，仰慕華風，却廣收夷樂，於是聲樂雜陳，華夷的音樂雜糅，難以區分了。

今所存魏晉南北朝樂府詩，以〈淸商曲〉和〈鼓吹曲〉爲主，〈淸商曲〉亦非漢代舊曲，而是南朝民俗歌謠所產生的新聲，是吳歌、西曲和神弦曲。北朝〈鼓吹曲〉，傳世的僅梁樂工所採譯的梁鼓角橫吹曲。今《樂府詩集》中收錄有六朝人的吳歌共三百五十六首，唐人的仿作不計在內，加上《樂府詩集》鮑照的〈吳歌〉三首，《世說新語》中孫皓的〈爾汝歌〉一首，共有四十八種曲目，現存數量三百六十首。西曲有三十五種曲目，現存作品共一百七十六首。吳歌、西曲是六朝的戀歌，而神弦曲是歌舞媚神的民間祭神曲，有十一種曲目，現存數量十八首。至於北朝的北歌，即梁鼓角橫吹曲，有二十三種曲目，現存數量六十六首。故現存魏晉南北朝樂府詩共六百二十首。

魏晉南北朝樂府詩的特色，大致是三世紀到六世紀之間，發生在長江流域一帶男女言情的民歌，比起兩漢時擅長於長篇敍事的樂府詩，已有顯著的不同。其特色有下列數端：

1. 魏晉南北朝的樂府詩，大半爲五言四句的小詩，其中偶有雜言和七言的現象。例如〈子夜四時歌〉：

春林花多媚，春鳥意多哀；春風復多情，吹我羅裳開。

2. 用男女對口的方式來表達，一倡一和，更見情趣。例如〈歡聞變歌〉：

（男）金瓦九重牆，玉壁珊瑚柱；
中夜來相尋，喚歡聞不顧。
（女）歡來不徐徐，陽窗都銳戶；
耶婆尚未眠，肝心如推櫓。

3. 大量使用諧音雙關語，使詩境拓寬，造成詩歌的寬度和深度。其使用的現象，又可分爲三類：

(1) 取同字異義作雙關的。例如〈青陽度〉：「成匹郎莫斷，憶儂經絞時。」便是以布匹的「匹」，諧匹偶的「匹」。

(2)取同音字作諧音雙關的。例如〈子夜歌〉：「春蠶易感化，絲子已復生。」便是以蠶絲的「絲」，諧相思的「思」。

(3)以歇後雙關語作諧隱的。例如〈讀曲歌〉：「飛龍落藥店，骨出只爲汝。」歇後語是：飛龍落藥店——骨出。而「骨出」諧隱爲情而「消瘦」。

4.歌唱時，大量使用和送聲，使音樂的節奏更爲強烈。例如〈女兒子〉中的和聲：「巴東三峽（竹枝）猿鳴悲（女兒子），夜鳴三聲（竹枝）淚沾衣（女兒子）。」又如送聲的使用，用在詩末。據《古今樂錄》的記載，〈西烏夜飛〉的「和聲」是：「白日落西山，還去來。」送聲是：「折翅鳥，飛何處，被彈歸。」

5.有〈四時歌〉、〈月節折楊柳歌〉，即唱四季的、十二月令的。

這些特色，對後代詩歌的影響甚大，尤其雙關語與和送聲的使用，給唐詩帶來新的局面，小詩的勃興，造成唐人近體詩律化的完成。

（三）隋唐五代樂府詩

隋承北周之後，初沿周樂，太常雅樂，也多用胡聲。開皇初，設置七部樂，後擴至九部樂，都是俗樂所用曲。九部樂，包括清商樂、西涼樂、天竺樂、高麗樂、胡旋舞、龜玆樂、安國樂、疏勒樂、康國樂。隋代樂曲分雅樂、俗樂二部，民間俗樂，以清商和夷樂爲主。

唐高祖開國，武德九年，命祖孝孫、竇璡修定雅樂。太宗貞觀三年，祖孝孫上奏說：「陳梁舊樂，雜用吳楚之音；周齊舊樂，多涉胡戎之伎。」於是參考南北朝的舊音，而作大唐雅樂三十一曲，配合郊祭朝宴之用。後又命張文收、呂才等加以修訂，唐代雅樂才趨於完備。其次，唐代的燕樂，包括朝野所用的俗樂。燕樂便是與雅樂相對待的俗樂。唐代燕樂，初沿隋代的九部樂，後增「高昌樂」，合爲十部樂。在十部樂中，只有清商樂是本土發生的樂曲，西涼樂以下，均爲胡樂。

唐代是詩歌的黃金時代，朝野間時有新曲被創作出來，於是時有新聲，況且唐太宗玄宗宣宗等帝王，雅好歌樂，造成唐代笙歌鼎盛的現象。太宗時，長孫無忌作〈傾盃曲〉，魏徵作〈樂社曲〉、虞世南作〈英雄樂〉；高宗時，呂才作〈琴歌〉、〈白雪〉等，又命樂工製道調。玄宗平定韋后之難，民間製〈夜半樂〉、〈還京樂〉。玄宗喜愛法曲，在太常侍中本有教坊，專供伎樂歌舞演習的機構，後更從教坊中選坐部伎三百人敎於梨園，是爲「梨園子弟」。所謂道調，便是因道教流行而有道曲，如〈衆仙樂〉、〈臨江仙〉、〈女冠子〉等便是。同樣地，佛教的流行而有佛曲，如〈獻天花〉、〈散花樂〉、〈五更轉〉等便是。法曲是梨園法曲部所製訂的清樂胡樂混合的樂曲，如〈雲韶〉、〈荔枝香〉等便是。開元天寶間，胡樂盛行，樂曲多以邊地爲名，如〈甘州〉、〈涼州〉、〈伊州〉之類，多爲十餘章的大曲。玄宗好樂，每年上元節，勤政樓前觀燈作樂，歌舞達旦，千秋節設酺賜宴，君臣共荒樂，導致安史之亂。宮中敎坊梨園雖散，但餘聲遺曲或流傳人間。其後文宗好雅樂，詔太常馮定，採開元遺調，製〈雲詔法曲〉、〈霓裳羽衣舞曲〉。宣宗也愛好音樂，太常樂工數千人，帝自製新曲，教女樂數百連袂而歌。唐自黃巢亂後，樂工淪散，則遺調舊曲，流入民間，造成五代詞調之盛，是由唐詩而衍爲五代兩宋詞，便是由於音樂的因素而促成詩體的改變。

隋唐五代樂府詩，以唐代的民間歌謠爲主，隋朝享國日淺，僅二十八年，詩樂歸入唐代，五代十國，多宮詞，或由詩衍化成長短句的詞。

唐代民歌現存的資料，有宋人郭茂倩的《樂府詩集》，其中收錄無名氏的樂府詩有八十一首；其次清康熙年間所敕編的《全唐詩》，其中也收錄了無名的詩歌，有一百零三首。清光緒二十五年（西元一八九九）夏天，敦煌千佛崖藏經石室的發現，有敦煌卷兩萬餘卷，其中包括古籍佛典、唐人變文和俚曲小調，後人稱這些俚曲小調爲「敦煌曲」或「敦煌曲子詞」，這些便是唐代到五代間的民歌，今有王重民的《雲謠曲》三十首，任二北的《敦煌曲校錄》，其中收錄了五百四十五首，便是今人研究唐五代民歌的原始資料。

其次文人仿製的樂府詩，作品甚多，無法遍擧，就《樂府詩集》卷八十一爲「近代曲辭」，卷八十九爲「雜歌謠辭」卷九十一至卷一百爲「新樂府辭」，都是隋唐五代文人仿製的樂府詩。唐時文人仿製的樂府詩，可歸爲兩大類：一爲盛唐以前沿舊題樂府所作的樂府詩，一爲中唐以後白居易、元稹、李紳等所提倡的新題樂府，簡稱爲「新樂府」，新樂府的精神，在於繼承《詩經》

的六義，上接建安風骨的寫實諷諭詩，到初唐陳子昂的「漢魏風骨」，杜甫的「卽事名篇」社會性寫實詩，而開展爲元和年間，以口語入詩，寫「因事立題」的新樂府詩。

近人對隋唐五代的樂府、民歌評價很高，唐詩所以有如此輝煌的成就，是由於民間的歌謠做了唐詩繁榮的基石。胡適在《白話文學史》中說：「盛唐是詩的黃金時代。但後世講文學史的人，都不能明白盛唐的詩所以特別發展的關鍵在甚麼地方。盛唐的詩關鍵在樂府歌辭。第一步是詩人仿作樂府。第二步是詩人沿用樂府古題而自作新辭，但不拘原意，也不拘原聲調。第三步是詩人用古樂府民歌的精神來創作新樂府。在這三步之中，樂府民歌的風趣與文體不知不覺地浸潤了、影響了、改變了詩體的各方面，遂使這個時代的詩，在文學史上放一大異彩。」

從唐代文人的聲詩，民間的曲子詞，到五代、兩宋的詞，這是一脈相承的，探討唐代樂府詩的全貌和特色，還可以瞭解唐人生活的實情，大衆的心聲，進而瞭解從詩到詞流變的過程，以確定詞的起源，源自於唐曲。

（四）宋以後以迄明清樂府詩

一般探討我國的樂府詩，至唐代便結束，郭茂倩的《樂府詩集》一百卷，所收錄的樂府詩止於唐五代，羅根澤的《樂府文學史》，也介紹到隋唐樂府爲止。宋以後以迄於明清的樂府詩，範圍漸廣，衍為長短句的詞、曲，在文體上似乎脫離樂府詩的範疇，但樂府的精神，音樂文學的特色，依然綿延不斷，構成我國韻文的源遠流長。

今就以宋以後民間歌謠的發展而言，略述如次：

宋代民間歌謠只極少的一部分保留在筆記小說中。其次，由於詞調的盛行，大部分的民歌也是用詞調表現的。今中央輿地出版社所印行的《全宋詞》，末了有無名氏的詞，不下千餘首，其中有不少民間的作品。例如《京本通俗小說．馮玉梅團圓》中的一首民歌：

月子彎彎照幾州，幾家歡樂幾家愁；幾家夫婦同羅帳，幾家飄散在他州。

又如《隨隱漫錄》中的〈行香子〉：

浙右華亭，物價廉平，一道會（當時的紙幣）買個三升。打開瓶後，滑辣光馨。教君霎時飲，霎時醉，霎時醒。聽得淵明，說與劉伶，這一瓶約迭三斤。君還不信，把秤來秤。有一斤酒，一斤水，一斤瓶。

這是宋代的民歌，前首是通俗的七言詩，寫人間苦樂不一；後一首是詞，諷刺賣酒的在酒中滲水，但情趣却是一致的。

遼金元時代，民間流行散曲，最初這些詞調和小曲在市民中間流傳，稱爲「街市小令」。元代散曲大致可分前後兩期，前期作家中，以關漢卿、馬致遠爲代表，他們的作品俚俗樸質，與民歌很接近；後期作家中，以張可久、喬吉爲代表，作品婉約艷麗，與宋詞較爲接近。但這期間的民歌保存下來的比較少，因爲元曲中的散曲已够俚俗，而這些作家也多半是民間詩人。今舉陶宗儀《南村輟耕錄》卷十九所錄的民歌一首爲例：

奉使來時驚天動地，奉使去時烏天黑地；官吏都歡天喜地，百姓却啼天哭地。

這是寫奉使和地方官的應酬，而用的是民脂民膏。

明代民歌興盛，流傳下來的數量也相當豐富。有明憲宗成化年間金臺魯氏刊行的《四季》、《五更》、《駐雲飛》、《題西廂記・詠十二月》、《賽駐雲飛》，浮白主人選輯的《掛枝兒》，馮夢龍選輯的《山歌》，以及醉月子選輯的《新鍥千家詩吳歌》等，不下千餘首，都是明代的民歌，在《寒夜錄》中引卓人月的話說：「我明詩讓唐，詞讓宋，曲又讓元，庶幾吳歌、掛枝兒、羅江怨、打棗竿、銀絞絲之類，爲我明一絕。」的確，明代的民歌極爲出色。例如《山歌》中的一首情歌：

不寫情詞不寫詩，一方素帕寄心知。心知接了顛倒看，橫也絲來豎也絲，這般心事有誰知？

又如陳所聞《南宮詞卷》卷六所載的〈鎖南枝〉：

傻俊角，我的哥！和塊黃泥捏咱兩個。捏一個兒你，捏一個兒我，捏的來一似活托；捏的來同牀上歇臥。將泥人兒摔破，著水兒重和過，再捏一個你，再捏一個我；哥哥身上也有妹妹；妹妹身上也有哥哥。

這首民歌是當時最流行的一首，在樂府吳調《掛枝兒》中，題作〈泥人〉。這些都稱爲「時調曲」，今韓國也有「時調」，可能與明人流行的時調曲有血緣的關係。

清代民歌，也有鮮明的一頁，如乾隆年間，顏自德、王廷紹合編的《霓裳續譜》；嘉慶道光年間，華廣生選輯的《白雪遺音》，都收集了不少清人的民歌。在過去的文人眼中，一向不重視民歌俚謠，使一些活語言的民歌，往往不加以收集而亡失，實在是很可惜的。例如〈上有天堂〉這首：

上有天堂，下有蘇杭，宣化葡萄甜又香。信什麼聖母娘，講什麼天主堂，外國人，胡來鬧，鷄子充鷄沒有好心腸。

又如〈老天爺〉：

老天爺，你年紀大，耳又聾來眼又花。你看不見人，聽不見話。殺人放火的享着榮華，吃素看經的活活餓煞。老天爺，你不會做天，你塌了吧！老天爺，你不會做天，你塌了吧！

像這些民間歌謠，帶有濃厚的鄉土本色，代表着大衆的意願和心聲，是反映眞實社會的好資料。其他如吟孤兒的〈小白菜〉，歌詞是：「小白菜呀，地裏黃呀，三歲兩歲，沒了娘呀！……」或廣東福建臺灣地區的〈採茶歌〉，這些都流行了幾百年到現在還在流行的民歌，只是歌詞有時被重新編製，而主題却依然不變。《民謠週刊》中，曾收集有三原一帶的〈看見她〉，後來這首民歌流傳各地，便被加上各地的風光，竟有四十五種不同的歌詞，但主題是寫「相親」，却是相同的。下面便是最原始的〈看見她〉：

你騎驢兒我騎馬，看誰先到丈人家。丈人丈母不在家，抽一袋煙兒就走價。大嫂留，二嫂子拉，拉拉扯扯到她家，隔著簾兒看見她：白白手兒長指甲，櫻桃小口糯米牙。回去說與我媽媽：「賣田賣地要娶她。」

從宋以後文人所仿製的樂府詩，作品也不少，都夾雜一般的詩集中，沒有單獨成集。如果要找這些時代文人仿作的樂府詩，只好從《宋詩鈔》、《元詩選》、《明詩綜》、《清詩滙》等詩總集上去尋找。

我國樂府詩的發展，始終保持着鮮明的一頁，爲一般愛好詩歌的所珍愛。從這裏可以看到先民的眞實生活，眞實遭遇和眞實的感情，儘管保留下來的，百不得一，但幾乎是字字珠璣，代表了中華詩學的結晶。

五　研究樂府詩的重要參考書及可行的新途徑

樂府詩是我國詩體中，三大詩體之一，其他兩項爲古體詩和近體詩。其實樂府詩是多樣性的，它也可以用古體或近體來表達，進而用雜言、長短句，所以樂府詩的體裁，是兼備了各種詩體的優點。

《論語》上說：「工欲善其事，必先利其器。」要想研究樂府詩，必先從重要的參考書和文獻資料入手。樂府詩的參考書：

詩總集

樂府詩集　宋郭茂倩編

全漢三國晉南北朝詩　近人丁福保輯

全唐詩　清康熙時敕編、曹寅主編

宋詩鈔　清吳之振編

元詩選　清顧嗣立編

明詩綜　清朱彝尊編

清詩滙（又名晚晴簃詩滙）　近人徐世昌編

（以上也可作爲一般詩學的參考書）

詩選、箋註

昭明文選　梁蕭　統編、唐李　善注

玉臺新詠　梁徐　陵編、清吳兆宜注、紀容舒考異

古詩解　明唐汝諤撰

古詩源　清沈德潛撰

采菽堂古詩選　清陳祚明撰
漢魏樂府風箋　近人黃　節撰
敦煌雲謠集新書　今人潘重規撰
敦煌曲校錄　今人任二北輯
樂府詩箋　今人聞一多撰
樂府詩粹箋　今人潘重規撰
樂府詩選　今人朱建新編註
樂府詩紀　今人汪　中撰

詩話、論註

歷代詩話　清何文煥編
續歷代詩話　近人丁福保編
清詩話　近人丁福保編
古今詩話叢編　廣文書局編
樂府正義　清朱　乾撰
樂府廣序　清朱嘉徵撰
選詩定論　清吳　淇撰

漢詩統箋	清陳正禮撰
漢詩說	清沈用濟、費錫璜合撰
漢鐃歌釋文箋正	清王先謙撰
樂府通論	近人王　易著
樂府文學史	今人蕭滌非著
漢魏六朝詩論叢	今人余冠英著
六朝樂府與民歌	今人王運熙著
教坊記箋訂	今人任二北撰
敦煌曲初探	今人任二北撰
漢代樂府與樂府歌辭	今人王壽平撰
漢詩研究	今人方祖燊撰
中國歷代故事詩	筆者拙著

今人研究樂府詩，當運用新方法，新觀念，尋找可行的新途徑。前賢所做的工作，大半在收集整理和注釋考據上下工夫。今天我們研讀樂府詩，除了承接前人已有的成果外，應該更進一步開拓樂府詩研究的範圍，把唐以後各代的民間歌謠，也視爲研究的對象，這樣做無形地使樂府詩的視野範疇開拓不少，把俗文學中的諺謠、俚歌、彈詞、鼓詞，方技雜曲也視爲樂府詩了。

其次，研究的方法也要改變，當然先熟悉每首歌詞的含義、來源、創作背景、社會環境等是必要的，前人研究的範疇，只及於樂府題解、注釋、詩評，或從文學的觀點，探索樂府詩的寫作技巧或藝術成就。如果我們使用新觀念，新方法來探討樂府詩，所得的結論也就與前人的不同，而研究的成就也可以超越古人。我們可以從音樂的角度來探索各代的樂府詩，使它適合於吟唱或朗誦，做詩歌還原的工作，以體會樂府詩聲情音韻之美，瞭解音樂與詩歌的關係，因爲樂府詩的靈魂在樂曲，而不在詩歌的意義性上。同時也可以從語言學、民俗學、倫理學、社會學等人文科學的觀念，來分析各時代的樂府、民歌，從地下新出土文物加以參證，用統計歸納的方法來整理資料，比起前人只靠幾本書反復拼抄要有意義多了。例如：從馬王堆出土的器物看漢樂府中女子的服飾、樂器，從語言學的立場看漢樂府詩的語法，從倫理學的立場來探討〈孔雀東南飛〉悲劇形成的因素，諸如此類，便不局限於以文學的觀念研究文學，而擴展爲以新觀念、新方法來研究樂府詩了。

——民國六十八年四月《國學導讀》

唐代新樂府運動的時代使命

一 序論

唐代文學，傲視環宇，無論唐詩、古文，或是傳奇小說，敦煌變文，敦煌曲子詞等，都是照耀千古的作品。探討唐代文學興盛的原因，與當時的政治、經濟、社會、教化、風俗、文藝思潮等有關；加以外來文化的衝激，胡漢民族的融和，滙成了唐代文學壯麗的波瀾。

讀唐代文學，都知道唐代有兩次重大的文學運動，同時，都發生在中唐，在散文上，有韓愈、柳宗元的古文運動；在詩歌上，有李紳、元稹、白居易的新樂府運動。這些文學運動，不僅給唐代文學帶來新形式、新內容、新精神，也給唐代帶來中興的氣象。

文學是生活的寫照，它反映了這個時代人們的生活，也表達了他們心中的意願，因此文學與時代有密切的關係。本文所研究的範圍，在探討唐代的新樂府運動與時代使命的關連性，以「唐代新樂府運動的時代使命」爲題，希望能藉此專題的研究，一方面可以了解唐代新樂府運動，對當時的政治、社會所獲得的功效和影響；另一方面，也說明文學與時代的關係，以及新樂府在文學上的貢獻和成就。今分下列數端加以探索：

㈠何謂「新樂府運動」。
㈡新樂府運動發生的原因及其時代背景。
㈢新樂府文學理論的建立及其重要的作家。
㈣新樂府的時代使命。

二 何謂「新樂府運動」

「樂府」一詞，起源於西漢，本指音樂的官府，而該官府的職掌，在採集各地的民間歌謠，因此樂府便成民歌的代稱。漢代樂府，受儒家傳統思想的影響，發展爲「感於哀樂，緣事而發」的敍事詩，以寫實爲主，且具諷諭的效果❶。漢代文人也以模仿民間樂府爲尙，寫下不少合樂歌

---

❶見《漢書・禮樂志》。

行體的樂府詩，是爲文人樂府。

魏晉南北朝時代，因社會長期的離亂，國家的分崩離析，於是道家的隱逸思想擡頭，在樂府詩方面，走向「緣情而綺靡」的道路❷，以小篇的抒情詩爲主，寫些詠懷或男女的戀歌，也寫些志怪、游仙、山水、宮體等逃避現實的詩歌，與兩漢反映現實生活的敍事詩，大異其趣。

自李唐來，天下統一，國力强盛，除承繼前朝的古體、樂府發展外，更開創近體詩，成爲詩歌的黃金時代。而樂府詩也顯得活潑而盛行。唐代民間樂府現存的資料，有宋人郭茂倩的《樂府詩集》，其中收錄無名氏的樂府詩有八十一首；其次清康熙年間所敕編的《全唐詩》，其中也收錄了無名氏的詩歌，有一百零三首。清光緒二十五年夏，敦煌莫高窟藏經石室的發現，有敦煌卷三萬餘卷，其中包括古籍、佛經、唐人變文和俚曲小調，後人稱這些俚曲小調爲「敦煌曲」或「敦煌曲子詞」，這些便是唐代到五代間的民歌，今有王重民輯的《雲謠集》三十首，任二北輯的《敦煌曲校錄》五百四十五首，這些都是現存的唐五代民歌的原始資料❸。

至於唐代文人仿製的樂府詩，作品繁多，無法遍舉。就以《樂府詩集》一書所收錄的，數量已不少，如卷八十一爲「近代曲辭」，卷八十九爲「雜歌謠辭」，卷九十一至卷一百爲「新樂府

---

❷見《文選・陸機文賦》。

❸見《國學導讀》拙稿〈樂府詩導讀〉。

辭」，都是隋唐五代文人仿製的文人樂府❹。唐代文人仿製的樂府詩，大致可歸爲兩大類：一爲盛唐以前沿舊題樂府所作的樂府詩，如：〈塞下曲〉、〈長干行〉、〈子夜四時歌〉等。一爲中唐以後李紳、元稹、白居易、張籍等所提倡的新題樂府，簡稱爲「新樂府」，如：〈憫農詩〉、〈新豐折臂翁〉、〈賣炭翁〉、〈築城曲〉等。

「新樂府」一詞，是與「古樂府」或「舊題樂府」相對待的。唐憲宗元和四年（西元八〇九），李紳首創新題樂府二十首，繼而元稹、白居易和李紳的新樂府，元稹寫新樂府十二首，白居易寫新樂府五十首。元稹在〈和李校書新題樂府十二首〉❺序上說：

> 余友李公垂（紳）貺余樂府新題二十首，雅有所謂，不虛為文，余取其病時之尤急者，列而和之，蓋十二而已。昔三代之盛也，士議而庶人謗。又曰：「世理則詞直，世忌則詞隱。」余遭理世而君盛聖，故直其詞以示後，使夫後之人，謂今日為不忌之時焉。

於是新樂府運動便在元和四年展開，當時李紳任校書郎，元稹和白居易任左拾遺，他們在朝廷同

---

❹《樂府詩集》一書，爲南宋郭茂倩所編輯，其中收錄周秦以來至唐五代的樂府歌辭，兼及文人的仿作，共一百卷，分十二類。資料豐富，爲研究民歌重要的文獻。

❺見《元氏長慶集》卷二十四。

屬中下級的官員，年輕而有抱負、有理想，希望開拓國家的新機運，共同提倡反對「沿襲古題」而創作「刺美見事」的新題樂府⑥，因而新樂府傳誦一時，詩壇群起寫諷諭詩，蔚成風尚，後人因稱這項文學運動爲「新樂府運動」。

三　新樂府運動發生的原因及其時代背景

大抵文學上的某一種運動，都是因應時代的需要，加以幾個先知先覺者的倡導，然後蔚成風氣，影響了大衆。李紳、元稹、白居易等人的提倡新樂府運動，也不例外。今分下列幾項因素，說明新樂府運動發生的原因及其時代背景：

㈠時代的因素：自唐玄宗天寶十四載（西元七五五）到憲宗元和四年（西元八〇九），其間五十四年，唐室由極盛時代，轉爲危殆不安的局面，其中帝王更換五次，經歷過玄宗天寶的安祿山之亂，肅宗乾元的史思明之亂，代宗永泰的吐蕃、回紇入寇，德宗建中節度使李希烈、朱滔、田悅等的反叛，與元時節度使李懷光的叛亂。到貞元（西元七八五—八〇四）年間，唐室才算穩定下來，因此從天寶十四載到貞元元年，三十年間，中原一帶，幾乎干戈不息，唐室元氣大傷。

⑥見《元氏長慶集》卷二十三〈樂府古題序〉。

此後從貞元到元和二十餘年，唐室總算能從衰微中，步向安定，透露出中興的氣象。而貞元年間的古文運動，元和年間的新樂府運動，便在時代的需要中，朝野要求改革中，應運而生。

㈡政治因素：唐代自安史之亂後，宦官的弄權，藩鎮的割據，使朝廷在內受肘於中官，在外受制於藩鎮，其後朝中大臣的結黨爭權，使朝政陷於日益嚴重的黨爭中。就以順宗永貞政變為例，順宗在位時，王叔文當權，起用一些有為的青年，如韓泰、柳宗元、劉禹錫等八人，並大事改革。於是罷宮市、罷教坊、出宮女、罷五坊小兒、黜不愛民的李實，防止宦官奪取兵權，制裁跋扈的藩鎮。但因招惹了宦官，宦官便趁順宗生病時，使太子李純監國，殺王叔文，並將依附王叔文黨八人貶為司馬，逼順宗退位，擁立李純，是為憲宗❼。

憲宗即位後，改元元和，決心重整朝綱，致力改革內政，當時諫官李紳，左拾遺元稹、白居易等，皆以新進入朝，因應憲宗的革新政策，元、白曾擬具「策林」七十五項，探討時政的缺失和改革的方案，被憲宗所激賞❽。他們一面致力於朝政的革新，另一面借詩歌的力量，發揮輿論的效果，對現實的批評，希望給社會帶來新風氣。新樂府運動，便在這種中興的氣象中，推展開來。

---

❼見《資治通鑑》卷二百三十六唐紀順宗永貞元年。

❽「策林」為元稹、白居易於元和元年所共擬撰的，共七十五門。時白居易年三十五，元稹年二十八。今收錄《白居易集卷》六十二至卷六十五中。

㈢思潮的因素：唐代雖是儒、道、佛三教合一的時代，但執事大臣，往往都是精通經義的儒者，唐代著名的宰相，如魏徵、張九齡、李百藥、裴度等，他們都以儒者自居。朝廷以科舉取士，設明經、進士二科，考經義，考策論，也是以儒家經典爲依據。於是傳統的儒家思想再度被重視。

從貞元到元和年間（西元七八〇—八二〇），是唐代經安史之亂的衰落，轉向中興的時期，由於政治的安定，社會經濟的繁榮，民心振奮，而儒家思想便是支持國家的中興，社會安定繁榮的主要力量。由於儒家思想的再度恢宏，使文藝思潮也起了顯著的改變，由六朝以來，趨向綺靡的、華而不實的、巧構形似的隱逸文藝思潮，轉變爲樸質的、實用的、重寫實諷諭的載道文藝思潮，引起了中唐的古文運動和新樂府運動相繼的發生。

㈣文學的因素：在貞元末年，韓、柳的古文運動，除了從形式上反對駢文對於文字的拘束限制外，還要求從思想內容上，反對駢文的空疏與浮華。提倡「文以載道」、「文以明道」，使學術思想與文藝創作結合，以達社會教化的功能。但古文運動僅止於散文創作，要求寫典雅樸質，合乎古代道統的散文，並未及於詩歌的創作。

元和初年，元稹、白居易等直接受到古文運動的啓示和影響，在詩歌方面，提倡新樂府運動。推究新樂府運動發生的原因，自然與文學的本身發展有關，《詩經》的言志文學，是新樂府理論的依據。漢人開展了「緣事而發」的樂府詩，六朝人遠離言志諷諭而發展出緣情綺靡的清商樂府，與漢樂府大異其趣。

　　唐初，陳子昂在詩歌上標榜「漢魏風骨」❾，但在初唐輕豔高華的詩風下，他的復古主張，畢竟得不到回響。盛唐時，詩歌極盛，如繁花盛開，樂府的發展，也不偏於緣情綺靡的一途，然大抵沿襲樂府舊題，只有元結、沈千運等開創寫實諷諭的「系樂府」❿，繼而杜甫以儒者的懷抱，寫下大量憂國憂民的史詩，如〈兵車行〉、〈麗人行〉、〈三吏〉、〈三別〉之類，當時雖無新樂府的名稱，但已具有新樂府的事實。中唐時，元稹、白居易有鑑於杜甫「即事名篇」的歌行體，是發展樂府詩的新途徑，看到友人李紳創作二十首的新題樂府，便一同攜手提倡「因事立題」的新樂府，於是新樂府運動便發生了⓫。同時，中唐俗文學的擡頭，如變文、俗曲、曲子詞、傳奇小說的流行，使元、白的詩走向通俗化、大衆化的道路，更開拓了新樂府的領域。

---

❾漢魏風骨，指漢魏時代的詩，重寫實和諷諭。唐・陳子昂《陳伯玉文集・修竹篇・序》云：「文章道弊，五百年矣。漢魏風骨，晉宋莫傳，然文獻有可徵者。」

❿唐・元結編《篋中集》，收錄沈千運、王季友、于逖、孟雲卿、張彪、趙微明、元季川等七人的詩，並稱其諷諭詩爲「系樂府」。今河洛出版社有《唐人選唐詩》一書，收有《篋中集》。

⓫見《元氏長慶集》卷二十三〈樂府古題序〉云：「近代惟詩人杜甫悲陳陶、哀江頭、兵車、麗人等，凡所歌行，率皆卽事名篇，無復依傍。」又見白居易〈與元九書〉云：「自武德訖元和，因事立題，題爲新樂府。」

四　新樂府文學理論的建立及其重要的作家

文學理論的建立，往往先有作品，然後才有理論的產生，新樂府文學理論的建立，也不例外。「新樂府」一詞，中唐時才被普遍使用，但新樂府的事實，在盛唐杜甫詩中已存在。杜甫在詩歌方面的成就極高，無論古體、近體或樂府，均有所開創。就樂府詩而言，他爲了生動地反映眞實的生活，擺脫樂府舊題的拘絆，大膽使用新題，並將民歌式的對話，通俗的口語寫入詩中，開創了卽事名篇的樂府，啓導了中唐新樂府的新途徑，使中唐的詩歌，與國家的命脈，人民的生活結合在一起，發揮了寫實詩歌最高的功能。

白居易是中唐詩壇的盟主，他不僅努力創作新題樂府，同時也致力建立新樂府的理論。他特別重視諷諭詩的創作，而他的新樂府五十首，是諷諭詩的主要部分，因此諷諭詩的理論，也就成了新樂府的理論。今將各家對新樂府的理論綜合如下：

㈠文章合爲時而著，歌詩合爲事而作：元、白新樂府的理論，是承《詩經》和漢樂府的寫實、諷諭精神而來，並接上初唐陳子昂的「漢魏風骨」，反對寫「興寄都絕」的六朝詩，他們推尊杜甫的「卽事名篇」，激賞杜詩中的〈兵車行〉、〈麗人行〉、〈潼關吏〉、〈塞蘆子〉、〈留花門〉等作品。白居易更提出「文章合爲時而著，歌詩合爲事而作」的文學理論⓬。他在〈與元九書〉中說：

> 自登朝來，年齒漸長，閱事漸多，每與人言，多詢時務，每讀書史，多求理達。始知文章合為時而著，歌詩合為事而作。

無論文章或歌詩，都是爲時事而作，決不是吟花弄月，言之無物。這種寫實、載道、言志的文學觀念，與中唐的政治、社會背景有關，造成中唐文風的趨向，走上寫實主義、實用主義的文學。

(二)詩者，根情、苗言、華聲、實義：白居易認爲構成詩歌的要素有四：即詩情、詩言、詩聲、詩義。他說：

> 感人心者莫先乎情，莫始乎言，莫切乎聲，莫深乎義。詩者，根情、苗言、華聲、實義⓭。

⓬見《白居易集》卷四十五書序〈與元九書〉。
⓭見白居易〈與元九書〉。

把詩歌視爲整體的藝術，具有生命，不可勉强分解。他拿樹木的整體與詩歌作譬喻，所謂詩，具有情感，就像樹木有根；詩的語言要新，好比樹的苗芽新葉；詩的聲調韻律要美，好比樹木的花朶；詩要具有主題意義性，好比樹木開花後要結成果實。他綜合了〈詩大序〉所說的「詩言志」，陸機〈文賦〉所說的「詩緣情而綺靡」，對詩歌的界說，更爲具體而完備。依據白居易詩歌的理論，來看他們新樂府的創作，更是如影隨形，如合符節。詩歌的思想內容，在於「情」、「義」；表達的方式技巧，在於「言」、「聲」，四者具有統一性和完整性。

㈢新樂府爲「卽事名篇」、「因事立題」的詩歌：新樂府是採歌行體的特色，來報導時事的詩，不必拘泥樂府舊題，也不必沿襲古題，可以依內容自創新題，因此新樂府是「卽事名篇」、「因事立題」的詩歌。元稹在〈樂府古題序〉上說：

> 況自風雅至於樂流，莫非諷興當時之事，以貽後代之人，沿襲古題，唱和重複，於文或有短長，於義咸為贅賸。……近代唯詩人杜甫悲陳陶、哀江頭、兵車、麗人等，凡所歌行，率皆卽事名篇，無復倚傍。余少時與友人樂天、李公垂輩，謂是為當，遂不復擬賦古題。

又白居易在〈與元九書〉中云：

僕數月以來，檢討囊帙中，得新舊詩，各以類分，分為卷目。自拾遺來，凡所遇所感，關於美刺興比者，又自武德至元和，因事立題，題為新樂府者，共一百五十首，謂之諷諭詩。

白居易將自己的詩分爲四類：諷諭詩、閑適詩、感傷詩、雜律詩⑭。新樂府五十首，便列入一百五十首的諷諭詩中。

㈣新樂府要負起「補察時政」、「洩導人情」的功效：元和初，白居易和元稹在上都華陽觀共擬具「策林」七十五門，以應制舉，其中「議文章」和「採詩」二策目，也是他們在文學理論上所持的觀點。

他們在「議文章」一策中，提出文的重要，文包括文德、文教、文行、文學諸端，統稱爲「人文」或「文章」。可知文，相當於今日的人文、學術和文學。主張「文」可以貫徹政令，維繫國策，用以存警戒，通諷諭，做爲勸善懲惡、褒貶是非、補察時政的工具。在「採詩」一策中，提出採詩可以「補察時政」，建議「立採詩之官，開諷刺之道，察其得失之政，通其上下之

⑭長慶四年，元稹在越州，將白居易在江州時所編的十五卷詩文集加以增補，成爲五十卷的《白氏長慶集》，其中詩的分類爲：諷諭詩、閑適詩、感傷詩、雜律詩。共收白詩二千一百九十一首。是年白居易五十三歲。文中分類是從白居易〈與元九書〉的資料。

情」，認爲詩歌是感事動情的作品。

白居易在〈與元九書〉中也提到古代的採詩之官，而採詩的目的在「上以詩補察時政，下以歌洩導人情」⑮。

由此可知，元白二氏文學理論的建立，是以儒家思想爲基礎，認爲詩歌是言志文學，可以配合時代、時事，具有寫實、諷諭、補察時政的效用，與我國傳統詩敎一致，合乎「發乎情而止乎禮義」、「溫柔敦厚」的原則。

中唐提倡新樂府的詩人，以李紳、元稹、白居易爲首，其他尚有張籍、盧貞、楊巨源、竇鞏、元宗簡等，當時白居易還準備將這些人的詩稿，合編一部「元白往還詩集」⑯，後因白居易的遭到貶謫而作罷。此外尚有劉禹錫、王建、劉猛、李餘等，也以寫新樂府而見稱。

五　新樂府的時代使命

唐室經安史之亂後，元氣大傷，雖經代宗德宗的圖治，但回紇吐蕃趁國內空虛而經常入寇，民間疾苦的事，仍時有所聞。憲宗元和以來，開新政，除舊佈新，力圖中興。李紳、元稹、白居

⑮見白居易〈與元九書〉。
⑯見白居易〈與元九書〉。

易適逢其時，出任諫官，隨時諍諫，故多能被皇上所採納。但有些較難直諫的事，只好借諷諭詩來表達，使皇上也能有所聽聞。同時對社會風氣有所改革的，也可以用新樂府來宣導。因此新樂府的工作者，不僅是個文藝工作者，也是社會的改革者，兼負有時代的使命。誠如白居易在《新樂府》的序上說：

凡九千二百五十二言，斷為五十篇。篇無定句，句無定字，繫於意，不繫於文。首句標其目，卒章顯其志，詩三百之義也。其辭質而徑，欲見之者易諭也。其言直而切，欲聞之者深誡也。其事覈而實，使采之者傳信也。其體順而肆，可以播於樂章歌曲也。總而言之，為君、為臣、為民、為物、為事而作，不為文而作也[17]。

白氏的《新樂府》是取法《詩經》的精神，五十篇有〈總序〉，摹毛詩的〈大序〉，每篇有〈小序〉，仿毛詩的〈小序〉，又取每篇首句爲標題，是依《詩經》篇名命題的方式，然李紳、元稹所作的《新樂府》，便無此結構。但新樂府的目的，在爲君、爲臣、爲民、爲物、爲事而作，則是相同的。

[17]見《白氏長慶集》卷三。

新樂府運動開展了新題樂府詩的體製，而新樂府的時代使命，大致可從下列兩端判斷其價值、目的和功能：

㈠對文學的時代使命：新樂府是發揮《詩經》的言志載道、溫柔敦厚的傳統詩敎，進而與生民的生活思想結合在一起。他們直追漢魏「緣事而發」的詩，繼承初唐陳子昂的「漢魏風骨」，盛唐李白的古風，元結諸人的「系樂府」，杜甫「卽事名篇」的樂府詩，使中唐的樂府詩開創了新生命、新途徑。同時，他們也以改革當時民間口頭流行的俗曲爲職志，與陳子昂、李白的僅止於改革齊梁以來詩歌的寫作技巧，重比興、不落於綺靡爲滿足，大不相同。因此新樂府運動在文學上的成就及影響甚大，他們不但在樂府詩開拓了新體式、新領域，也在文學史上留下光輝燦爛的一頁。使中唐詩歌在盛唐極盛之後，仍能再創唐詩的高峯，並直接影響晚唐皮日休、陸龜蒙、杜荀鶴等人的「正樂府」「風人體」的開展。

其次，從唐人選唐詩來看，如殷璠的《河岳英靈集》，芮挺章的《國秀集》，令狐楚的《唐歌詩》（又名《御覽詩》），高仲武的《中興閒氣集》等⑱，都不選杜甫詩，可知杜詩在盛唐時不被重視。由於新樂府運動，他們將杜詩的成就與貢獻，重新予以評價，使杜甫被世人尊爲「詩聖」而杜詩也流傳後世。如沒有中唐的新樂府運動極力推崇杜詩，那麼杜詩將沈淪千古，而不爲

---

⑱今河洛出版社夏學叢書中有《唐人選唐詩》一書。

世人所知。

近人陳寅恪在《元白詩箋證稿》也曾評新樂府的價值，認爲元、白作詩之意，直上擬三百篇，陳義甚高。且改良樂府、古詩，與當時民間的變文俚曲相結合，而開創新體，其成就與價值，實可與古文運動的成就相比擬⑲。

總之，中唐的新樂府運動，不論在文學理論與詩歌創作上，都已完成了我國傳統詩歌繼往開來的時代使命，並光輝了中唐的詩壇。

㈡對社會的時代使命：從中唐起，儒學走向復興的道路，文人們開始留心實際民生，他們來自廣大的農村，了解民間眞實情況和疾苦，由於科擧的擢士，使他們也有機會爲朝廷服務，將民間的實際需要，大衆的遭遇，得到關懷和改善。他們透過新樂府的表達，發揮了輿論制衡的力量。而新樂府的內容，範圍極廣，對社會的敎化作用，能引起極大的影響力，諸如起衰振弊，振奮民心，敦厚人倫，鼓舞中興，均有莫大的敎育功能。今擧數則新樂府或諷諭詩爲例。

李紳的二十首新樂府雖已失傳，但《唐詩紀事》上尙載有他的〈憫農詩〉兩首：

春種一粒粟，秋收萬顆子；四海無閑田，農夫猶餓死。

⑲見《陳寅恪先生論文集》下册《元白詩箋證稿》第五章〈新樂府〉。

鋤禾日當午，汗滴禾下土；誰知盤中飧，粒粒皆辛苦[20]。

讀這類的詩，無形中使人關懷農民，對農夫的勤勞作息，致無上的敬意；同時每當舉箸用餐，便能引發飲水思源，珍惜物力之感。

又如白居易的〈繚綾〉，念女工之勞也。詩末云：「絲細繰多女手疼，扎扎千聲不盈尺。昭陽殿裏歌舞人，若見織時應也惜！」又如〈賣炭翁〉，苦宮市也。詩末云：「一車炭，千餘斤，宮使驅將惜不得。半疋紅紗一丈綾，繫向牛頭充炭直。」這些寫時事的新樂府，主旨在諷諭，而諷諭的句子，往往寫在每首詩的結尾數句，使透過文藝寫作的技巧，引發對社會的種種現象，得以改善；同時對心性修爲的體認，以及思維反省的能力，得以發揮，肯定人性，確定人類的尊嚴。使文學能爲社會服務，提供樂觀而積極的人生啓示，這樣才不致有太多自瀆式的閒愁和感傷，以及太多不合情理的飄逸和瀟灑，而游離於現實人生之外。因此，中唐的新樂府運動，能繼承儒家積極、言志、寫實的文學傳統，發揮對社會深切的關懷，以達教化社會的功能。

[20]見《唐詩紀事》卷三十九李紳條。

六 結論

唐代新樂府運動，確實在我國文學史上留下輝煌鮮明的一頁；同時，也發揮了文學的時代使命。從詩歌中，反映現實社會，並提供改進之道，做到詩歌可以佐助教化、裨補時闕的功效。儘管有人認爲文學是文學，不必爲社會爲時代負任何使命，亦如同晚唐杜牧等，曾對元、白的詩歌有所詬病，指其元輕白俗，淫言媟語㉑。但他們開闢了樂府詩的新天地，也爲唐代社會，開創了中興的機運，這是不可否認的事實。

主要參考書：

白氏長慶集　唐白居易著　四部叢刊本
白居易集　唐白居易著　里仁書局
元氏長慶集　唐元稹著　四部叢刊本
白居易　今人陳友琴撰　中華書局
全唐詩　清曹寅等輯　文史哲出版社

㉑見杜牧《樊川文集》卷九。

樂府詩集　南宋郭茂倩輯　里仁書局
唐詩紀事　南宋計有功撰　中華書局
元白詩箋證稿　近人陳寅恪撰　九思出版社
舊唐書　宋劉昫等撰　鼎文出版社
新唐書　宋宋祁歐陽修等撰　鼎文出版社
資治通鑑　宋司馬光撰　四部叢刊本

——民國七十六年四月〈文史哲的時代使命〉

唐代敦煌曲的時代使命

一

歷代民歌，大都能顯著地反映出當時人的生活形態和時代意識，唐代（西元六一八—九〇六年）民歌也不例外。今人研究唐代民歌，資料的來源，約可從三方面獲得：一是從史籍和唐人的詩文集中，來收集唐人的歌謠，如《新唐書》與《舊唐書》中〈五行志〉所記錄的歌謠，唐人傳奇中所引述唐人的歌謠。一是從後人所編輯的詩總集中，可以讀到唐人的歌謠，如《樂府詩集》和《全唐詩》中，保存有唐人無名氏的歌謠和詩篇❶。一是從地下出土的文物中，獲得唐人的歌

❶《樂府詩集》收集唐無名氏的歌謠約七十四種，共八十一首。《全唐詩》收錄唐代民間歌謠與《樂府詩集》有重複的現象，今刪去重複的，約得一百零三首。

謠，如清光緒二十五年（西元一八九九年），敦煌卷的發現，其中的敦煌曲子詞，便是唐、五代時的民間歌謠。在這三方面的資料中，以敦煌曲子詞的資料最爲豐富，也是今人研究唐代民歌主要資料來源。

敦煌莫高窟藏經室，是宋仁宗景祐年間（西元一〇三四—一〇三七年），敦煌僧侶爲避西夏兵災所秘藏唐五代人寫卷的石室，其後兵亂，使石室內的寫卷沈埋達千年之久，始再度重現於世，可稱爲我國中世紀西北邊塞收藏文籍史料佛典的圖書館❷。現存敦煌寫卷約三萬餘卷，可惜大半散落世界各處。

敦煌卷的內容繁富，有佛經，有經史文集的殘卷，有唐人的詩，唐五代人的詞，而最珍貴的資料，是唐人的通俗文學，如變文、俗賦、話本、詞文和曲子詞等。這類資料，大抵取材於民間的傳說、歌謠、通俗的歷史故事，也有來自於佛敎的經典或故事。它們在傳統文學的藝術價值上，或許評價不高，但在俗文學的地位中，卻代表了唐人的話本、講唱文學、歌謠等主要的民間文藝。

本篇所討論的範圍，以敦煌曲子詞爲主。自敦煌石室發現以來，八十餘年間，從事整理這項資料的學者不少，由於敦煌曲是唐人的寫卷，在俗字或異體字的辨認上，往往與今人的正體字出

---

❷見羅振玉〈敦煌石室及發見之原始〉，《沙州文錄》。

入很大，因此各家整理出來的文獻資料，在文字上便有些差異。

早期學者整理出來的敦煌曲資料，較重要的有羅振玉的《雲謠集雜曲子》、《敦煌零拾》，劉復的《敦煌掇瑣》，許國霖的《敦煌雜錄》，王重民的《敦煌曲子詞集》等，他們輾轉由英法抄移來的資料，像墾山林、闢草萊，開拓了敦煌曲的園地。近些年來，由於敦煌曲有微卷流傳，較容易目睹原卷的面貌，因此整理出來的資料，比早期的更爲完備。如任二北的《敦煌曲校錄》，饒宗頤的《敦煌曲》，潘重規的《敦煌雲謠集新書》、《敦煌詞話》，林玫儀的《敦煌曲子詞斠證初編》等，使敦煌曲在校勘上，更趨於精確而完備。

唐代民歌所表現的題材是多方面的，從民歌的題材、內容，可以探討它發生的時代和社會背景，以及歌詞中，有關生活的、思想的、民俗的反映。本文便是從敦煌曲的題材和內容，來探索唐代西北邊塞敦煌（沙州）、安西（瓜州）一帶，民謠中所反映的社會意識和時代使命。

二

敦煌曲的寫卷，依任二北所輯《敦煌曲校錄》的統計，收有五十六調，五百四十五首。然而陸續尚有新增的資料出現，如饒宗頤的《敦煌曲》，便有敦煌曲之訂補，增補詞九調，補句四首，綴合一卷，補作者名一首❸；又周紹良的《補敦煌曲子詞》，據莊嚴湛所藏《維摩詰經》背後所錄，新增失調名的詞十三首❹。敦煌曲大抵爲唐、五代邊境的胡歌與民間的俗曲謠辭，其間尚有佛曲和道曲，今以唐代的敦煌曲爲主，從社會、文化、宗教、教育、音樂文學等觀點，來探討敦煌曲的功能和效用，以明瞭敦煌曲在當時所具有的時代使命。

㈠敦煌曲的社會使命：敦煌曲是民間文學，也是民間的娛樂品，與人們的生活息息相關，它描寫了大衆生活的百態，也反映了社會大衆的心聲。因此無論男女道情的情歌，羈旅客愁的思鄉曲，青樓酒館娛樂的小曲，敦煌史事的紀錄，甚至與舞蹈、健身、養生之道相結合的歌曲，都發揮了大衆抒寫情意的效用，成爲生活上不可或缺的一部分。

在民歌中，情歌永遠是鮮明的一頁，敦煌曲中的情歌，如《雲謠集》中的〈拋毬樂〉：

珠淚紛紛濕綺羅，少年公子負恩多。當初姊姊分明道，莫把真心過與他。仔細思量著，淡

---

❸見饒宗頤《敦煌曲》上篇〈敦煌曲之探究〉，㈠敦煌曲之訂補。補詞九曲調，爲王氏任氏二書缺載者：〈思越人〉（P. 2748V°）、〈曲子喜秋天〉（S. 1497）、〈曲子名目〉（P. 3718V°）、〈長安詞〉（L. 1369）、〈傷蚾曲子〉（S. 2607）、〈怨春閨〉（P. 2748V°）、〈謁金門〉〈開于闐〉（S. 4359）、〈曲子還京洛〉（L. 1465）、〈藥名詞〉（S. 4508）。

❹據林玫儀《敦煌曲子詞斠證初編》下編〈新增及殘曲子〉所引。

薄知聞解好麼。斯一四四一 伯二八三八

又如雜曲〈菩薩蠻〉：

枕前發盡千般願，要休且待青山爛。水面上秤錘浮，直待黃河徹底枯。 白日參辰現，北斗迴南面。休卽未能休，且待三更見日頭。斯四三三二

敦煌情歌，用情率眞而富拙趣，與其他時代的情歌或西洋的情歌，在內容上沒有不同。在此僅舉兩首爲例，前首與英人 A.E. Housman (1859–1936) 的〈當我二十一歲〉(When I Was One-and-twenty) ❺，情趣相似；後首與漢樂府〈上邪〉❻，同爲愛的誓言，有異曲同工

---

❺附英人 A. E. Housman 原詩及筆者譯稿如下：

WHEN I WAS ONE-AND-TWENTY

When I was one-and-twenty
I heard a wise man say,
"Give crowns and pounds and guineas
But not your heart away;

Give pearls away and rubies,
  But keep your fancy-free."
But I was one-and-twenty,
  No use to talk to me.

When I was one-and-twenty
  I heard him say again,
"The heart out of the bosom
  Was never given in vain;
'Tis paid with sighs a-plenty
  And sold for endless rue."
And I am two-and-twenty,
  And oh, 'tis true, 'tis true.

當我廿一歲

A. E. Housman 著

童　山　譯

正當我廿一歲的年紀
　聽得那些聰明的人說：
「可以把金銀隨意抛棄，
　千萬別把心兒讓人採擷；

之妙。然敦煌曲所使用的形式，用五、七言句法，並用唐人白話語言寫成，如「淡薄知聞解好麼」、「水面上秤錘浮」、「休卽未能休」等口語入篇，是唐人民歌的特色。

唐代盛世，朝廷開拓西北疆土，於是行役戍守邊塞的官軍爲數不少。在敦煌曲中，有關描寫

(↑續前頁)

　可以把寶石珍珠給予，
　　千萬別讓情絲將你牽繫。」
那時我却只有廿一歲，
　這些話對我是毫無補益。
正當我廿一歲的年紀
　我又聽得他們這麼說：
「假若你把心兒都賦予，
　你再也不能像從那樣自由；
以後你將要借無盡的嗟嘆，
　來塡補心頭的悔恨和空虛。」
現在我已過了廿一歲，
　想來他們的話的確很對。

❻漢樂府〈上邪〉：「上邪！我欲與君相知，長命無絕衰。山無陵，江水爲竭，多雷震震夏雨雪，天地合，乃敢與君絕。」見《樂府詩集》卷十六〈鼓吹曲辭〉。

塞上的生活，征夫羈旅的曲子，反映了唐人西北社會特有的生活現象，他們詠塞上的風光，唱思鄉曲，做爲慰藉羈旅的鄉愁。這些民間小曲大致可分爲兩類：一類是借家中妻子的口吻，或以孟姜女尋夫送寒衣的故事，道出思念征夫的哀怨，如同唐詩中的閨怨宮詞，寫出對征夫羈旅的關懷，如〈鳳歸雲〉、〈破陣子〉、〈送征衣〉等便是。可與教坊曲的〈怨黃沙〉、〈遐方怨〉、〈怨胡天〉等相配應❼。今舉〈擣練子〉及〈失調名〉爲例：

孟姜女，杞梁妻，一去燕山更不歸。造得寒衣無人送，不免自家送征衣。長城路，實難行，乳酪山下雪霏霏。喫酒則為隔飯病，願身強健早還歸。伯二八〇九 伯三三一九 伯三九一一

良人去住邊庭，三載長征，萬衣砧杵擣衣聲。坐寒更，漏垂玉淚嬾頻聽。向深閨，遠聞雁悲鳴。遙望行，三春月影照堦庭。簾前跪拜，人長命，月長生。斯二六〇七

另一類是以征夫遊子的口吻，道出塞上思親思鄉之情，感念守疆的忠心，如同唐人的邊塞詩，有哀傷辛酸的一面，表現關山路邊、思歸無期的哀怨，如〈長相思〉、〈山花子〉等便是。

❼見崔令欽《教坊記》所引曲名。

也有慷慨悲壯的一面，流露鎮邊的壯志，立功沙塞的豪情，如〈定風波〉、〈望遠行〉、〈感皇恩〉等便是。今舉〈長相思〉及〈望遠行〉爲例：

哀客在江西，寂寞自家知。塵土滿面上，終日被人欺。朝朝立在市門西，風吹淚□雙垂。遙望家鄉腸斷，此是貧不歸。敦煌零拾本

年少將軍佐聖朝，為國掃蕩狂妖。彎弓如月射雙鵰，馬蹄到處盡雲消。休寰海，罷槍刀，銀鸞駕走上超霄。行人南北盡歌謠，莫把堯舜比今朝。伯四六九二

其次，敦煌曲也紀錄下敦煌史事的歌謠。唐代開元天寶盛時，西域諸國如吐谷渾、高昌、回紇、西突厥等，都歸順朝廷，唐朝在安西、北庭設有都護府，而沙州治所敦煌，更是當時中西交通的要道。唐室經安史之亂後，國勢式微，繼而吐蕃入寇，河湟地區前後陷入吐蕃之手。諸州陷蕃年代，據孫楷第〈敦煌寫本張淮深變文跋〉云：涼州陷於廣德二年（西元七六四），甘州陷於永泰二年（七六六），肅州陷於大曆元年（七六六），瓜州陷於大曆十一年（七七六），沙州陷於建中二年（七八一）。

又據蘇瑩輝〈論唐時敦煌陷蕃的年代〉，認爲沙州雖在建中二年陷蕃，但沙州治所敦煌縣，

則遲至貞元元年（七八五）始淪陷。直到宣宗大中初年（約八四七），張義潮結合民間的力量排蕃，使瓜沙等西域諸州來歸，才告光復❽。

因此敦煌曲記錄下這段時代的遭遇和史事，如〈菩薩蠻〉、〈望江南〉等，可視為詠敦煌事的詞史。王重民也有提及：

詠敦煌事者，詞不華藻，然意真而字實。〈望江南〉云：「曹公德，為國託西關。」又：「盡忠孝，向主立殊勳。」又：「願萬載作人君。」此為述歸義軍曹氏功德，不似在曹元忠以後，疑當在曹議金時代。「向主」指唐室，「作人君」則敦煌百姓戴議金為王，仍師金山天子故事也。〈邊塞苦〉云：「背蕃歸漢經數歲。」歌詠敦煌人民起義歸唐事，則更當作歸義軍張氏統治時代矣❾。

以上敦煌曲的社會使命，僅舉敦煌情歌、征夫懷歸、敦煌史事等數端，說明西北人民的一般生活現象，社會大衆活動的紀錄，與唐代文人筆下的宮體、邊塞詩，同樣反映了唐人生活上的情

---

❽蘇瑩輝《敦煌論集》有〈論唐時敦煌陷蕃的年代〉及〈再論唐時敦煌陷蕃的年代〉二文。學生書局，民國五十八年八月出版。

❾見王重民《敦煌曲子詞集·敍錄》。

趣和遭遇。

(二)敦煌曲的文化使命：敦煌曲中所表現文治與教化的使命是多方面的，其中較爲顯著的，有關民族意識、愛國情操的流露，忠孝倫常的倡導，以及藥理、民俗的報導，反映唐代邊塞地區胡漢文化融和等特色。

敦煌曲代表了河湟地區的文化，這些歌謠雖然俚俗，卻眞實地記錄當時的民族意識和思想觀念。由於河西隴右諸地，在安史之亂後，陸續陷於吐蕃統治達七十年之久，至宣宗大中二年張義潮結合義軍收復瓜沙諸州，始再度歸屬唐朝，於是敦煌曲中，表現了强烈的民族意識和愛國的情操。如〈獻忠心〉二首：

臣遠涉山水，來慕當今。到丹闕，御龍樓。棄氊帳與弓劍，不歸邊地，學唐化，禮儀同沐恩深。　見中華好，與舜日同，垂衣理，菊花濃。臣遐方無珍寶，願公千秋住，感皇澤，垂珠淚，獻忠心。伯二五〇六

驀卻多少雲水，直到如今。涉歷山阻，意難任。早晚得到唐國裏。朝聖明主，望丹闕，步步淚滿衣襟。　生死大唐好，喜難任，齊拍手，奏仙音。各將向本國裏，呈歌舞，願皇壽，千萬歲，獻忠心。伯二五〇六

〈獻忠心〉共五首，此兩首任二北《敦煌曲初探》視爲武后或玄宗時所作❿。潘重規《敦煌愛國詞》認爲這兩首詞，應該是敦煌陷蕃，經張義潮收復後，陷蕃官吏，久經胡化，因事歸朝，得重歸唐朝的作品，第一首是呈獻給當朝大官的；第二首是呈獻給皇帝的⓫。他們借歌謠表達了對朝廷的忠心。

唐代是儒道佛三教合一的時代，儒家思想尤爲顯著。敦煌經歷陷蕃之後，人民對家國的觀念更爲濃厚，民族意識和忠貞的愛國思想自然地流露在他們的歌謠中。他們仰慕唐國文化，贊揚中華好，想起陷蕃時的那段艱辛，在歌謠中，都有明顯地記錄。如陷蕃時所詠的〈菩薩蠻〉：

> 燉煌古往出神將，感得諸蕃遙欽仰。効節望龍庭，麟臺早有名。　只限隔蕃部，情懇難申吐。早晚滅狼蕃，一齊拜聖顏。伯三一二八

張義潮率義軍收復瓜沙諸州後，復歸唐朝，敦煌曲中除〈獻忠心〉外，他如〈望江南〉，也祝太傅張義潮能永享遐齡：

❿見任二北《敦煌曲初探》第二章〈曲調考證與《教坊記》之關係〉獻忠心條。

⓫見潘重規《敦煌詞話》八〈敦煌愛國詞〉。該文原載於民國六十九年三月五日《中央日報》副刊。

邊塞苦，聖上合聞聲。背蕃歸漢經數歲，常聞大國作長城，金榜有嘉名。　太傅化，永保更延齡。每抱沈機扶社稷，一人有慶萬家榮，早願拜龍旌。斯五五五六、伯三一二八

其次，敦煌曲中，有宣揚孝道的歌謠，使民間傳唱，以敦化人倫。如〈皇帝感〉，此套原題「新集孝經十八章」，今僅殘存十二首⑫，其中多將《孝經》的字句編入曲辭中，以達深入淺出的勸孝效果。如「立身行道德揚名」，「事君盡忠事父孝」，「故能安親行孝道，揚名後世普天和」。同時稱頌唐玄宗爲《孝經》作注，使《孝經》能普及天下。又有〈十二時〉，題作「天下傳孝十二時」⑬，也是提倡孝道的歌謠，用十二時辰構成十二首聯章的歌，勸勉天下人行孝，極具社教作用。

此外敦煌曲尙有醫理病症的歌訣，借韻語傳授醫藥常識，這是醫生的歌訣，使人聞歌而知病症，較《素問》、《脈經》、《千金方》等藥方醫書，更爲民間百姓所容易接納。敦煌曲有三首說明傷寒症狀的〈定風波〉，今舉其中的一首：

---

⑫〈皇帝感〉，題作「新集孝經十八章」，見伯二七二一及《敦煌掇瑣》。原作當有十八首，今殘存十二首。

⑬〈十二時〉，題作「天下傳孝十二時」，共十二首，原卷末編號，見《敦煌零拾》。

陰毒傷寒脈已微，四肢厥冷㦬難醫。更遇盲醫與宣瀉，休也，頭面大汗永分離。　時當五六日，頭如針刺汗微微，吐逆黏滑脈沈細。全冒憤，斯須兒女獨孤棲。伯三〇九三

傷寒爲傳染病，如遇此症狀，宜趕緊隔離治療。

其次民族文化的維繫，有賴民俗活動而承傳，而民俗的活動往往利用歌謠，以增加其熱鬧的氣氛。因此，民間歌謠具有發揚傳統文化的使命。唐人雅愛節日，如正月十五日上元燈節，五月五日端午泛龍舟、鬬百草，七月七夕乞巧、拜新月，八月五日唐明皇誕辰的千秋節，歲末除夕及新年元日。敦煌曲中有關民俗節慶的曲子，有〈破陣子〉、〈泛龍舟〉、〈鬬百草〉、〈喜秋天〉、〈拜新月〉，此外尚有邊塞特有的潑水節〈蘇幕遮〉。由於節日歌舞的助興，增加了節日的歡樂。今從敦煌曲中，可知對敦煌文化的承傳使命。

〈破陣子〉，本稱〈秦王破陣樂〉，是唐太宗爲秦王時，率領部屬征討四方，他的部屬編寫了一首歌頌秦王的歌●。後秦王卽天子位，被增飾爲武舞，改名〈七德舞〉，是唐代三大舞曲之一●。

●見《舊唐書・音樂志》一。

●唐自太宗高宗作三大舞：〈七德舞〉本名〈秦王破陣樂〉，爲武舞；其次，〈九功舞〉，本名〈功成慶善舞〉，爲文舞，皆太宗所作。〈上元舞〉，爲高宗所作。

今敦煌曲有〈破陣子〉四首，已成閨怨或瀟湘紅粉的怨歌，主題已非歌頌征戰的歌。惟哥舒翰天寶八載大破吐蕃於石堡巖所唱的那首〈破陣樂〉，仍保存凱歌的內容。

五月五日端午節，民俗有泛龍舟、鬬百草之戲。敦煌邊區，也保有此民俗。梁宗懍《荆楚歲時記》云：「五月五日，四民並蹋百草，又有鬬百草之戲。」隋煬帝令白明達製〈泛龍舟〉、〈鬬百草〉之曲，可知此民俗由來已久。唐韋絢的《嘉話錄》記中宗時安樂公主在端午時鬬草。貫休〈春野詩〉：「牛兒小，牛女少，抛牛沙上鬬百草。」可知唐人端午時，男子龍舟競渡，唱泛龍舟；女子鬬百草，不僅行於宮中，也流行於民間。敦煌曲中有〈泛龍舟〉一首，大曲中〈鬬百草〉一首，凡四遍，今摘其第一遍曲辭爲例：

建寺祈長生，花林摘浮郎。有情離合花，無風獨搖草。喜去喜去覓草，色數莫令少。

斯六五三七　伯三二七一

歌辭的內容，借鬬草之戲，唱情歌，用暗示、雙關語以增加情趣，甚是可愛。如「花林摘浮郎」句，浮郎，指輕薄郎。「有情離合花，無風獨搖草」，「庭前一株花，芬芳獨自好」，詞句中的花，都用以暗示女子。

七月七夕，相傳牛郎織女相會，民間樹瓜果，備針線，以拜織女，稱爲乞巧。《荆楚歲時記》云：「七月七日，爲牽牛織女聚會之夜。是夕，人家婦女結綵縷，穿七孔針，或以金銀鍮石爲針，陳几筵酒脯瓜果於庭中，以乞巧，有喜子網瓜上，則以爲符應。」敦煌曲〈喜秋天〉共五首，採更轉的寫法，歌乞巧之事，其第一首爲：

每年七月七，此時壽夫日，在處敷陳結交伴，獻供數千般。今晨連天暮，一心待織女。忽若今夜降凡間，乞取一教言。斯一四九七

唐人過七夕，民俗與《荆楚歲時記》所載大致相同。

此外，唐人有拜月的風俗，也是女子閨閤中的禮俗。如李端〈拜新月詩〉：「開簾見新月，便卽下階拜。」鮑溶〈寄歸詩〉：「幾夕精誠拜初月，每秋河漢對空機。」敦煌曲中〈拜新月〉共兩首，其一爲〈蕩子他州去〉，拜月祝丈夫離鄉他州去，能早日歸來；其一爲〈國泰時清晏〉，拜月祈求國泰民安，祝皇上壽千年。

在敦煌大曲中，代表西域特殊民俗的歌舞曲是〈蘇幕遮〉，也稱爲〈醉渾脫〉。渾脫是西域話囊袋的意思，表演者用油囊盛水，相互濺潑，參加者爲避免被水濺及頭面，都戴油帽。高昌話稱油帽爲「蘇幕遮」，因此配合「渾脫舞」的樂曲，便稱爲〈蘇幕遮〉[16]。如今印尼尚有潑水節

---

[16]見陰法魯《敦煌曲子詞集・序》。

的民俗，表演者一邊歌舞，一邊潑水，而專潑有情人，以此取樂。

敦煌曲是唐代西陲民間傳唱的歌謠，其中表現了民族意識和忠貞的愛國思想，他們用歌謠倡導忠孝，灌輸醫藥保健觀念，表現唐化的民俗活動，他們熱愛歌舞，構成了敦煌文化的特色。說明邊塞胡漢民族的相處，在沒有戰爭時，羊馬同啃綠洲上的牧草，人們同飲天山下的泉水，在草原上用歌舞溝通情意，敦煌曲便成了胡漢民族和睦相處的媒體，具有文治與教化的功能。

㈢敦煌曲的宗教使命：唐代是個興盛的時代，民間的宗教信仰，得到自由的發展。其間巫道僧尼常借道術、法術、神鬼之事，以說吉凶，勸世行善，普及於委巷街陌，深入於人心。唐代道教的流行，雖不及佛教之盛，然佛道二教，常比附而行。就以唐朝佛寺、僧尼之數，以及產業之富，已成社會中一些特殊階級。如此宋趙德麟《侯鯖錄》所載：

> 會昌五年，始令西京留佛寺四，僧唯十人，東京二寺，節度觀察同。華汝三十四治所得留一寺，僧准西京數，其餘刺史州不得有寺。……凡除寺四千六百，僧尼笄冠二十六萬五百，其奴婢至十五萬，良人枝附為使令者，倍笄冠之數。良田數千頃，奴婢日率以百畝編入農籍⑰。

⑰見趙德麟《侯鯖錄》卷二。

由於佛、道流行，產生不少佛曲和道曲。敦煌莫高窟所發現的變文和曲子詞，大部分是佛敎徒宣揚敎義的講唱文學，其中也有少數是道曲。

唐代變文的興起，與佛敎經典中長篇敍事詩有關，而其最初的形式當來自民間。在我國傳統文學中，如六朝以來文士所作的頌、贊、銘、誄諸文體，前有散文的序，後有韻文的文詞，在民間也有韻散混合的唱詞，所以唐代變文的發生，是佛敎徒們採用民間講唱的形式，來講唱佛典中的故事，或借民間流傳的故事，來傳播敎義。

敦煌曲大半是民間的雜曲，其中也有不少與佛道有關的歌謠，這些歌謠，都具有宣揚或傳播佛、道等宗敎的使命。

在盛唐的敎坊曲中，也載有佛、道的曲調，惟不載歌詞，及敦煌曲的發現，始與敎坊曲的曲目相引證。敎坊曲中的佛曲，據《敎坊記》所載，有：〈獻天花〉、〈菩薩蠻〉、〈南天竺〉、〈毗沙子〉、〈胡僧破〉、〈達摩〉、〈五天〉。道曲有：〈衆仙樂〉、〈太白星〉、〈臨江仙〉、〈五雲仙〉、〈洞仙歌〉、〈女冠子〉、〈羅步底〉⑱。

今敦煌曲中的佛曲，有〈散花樂〉、〈好住娘〉、〈悉曇頌〉、〈五更轉〉、〈十二時〉、〈歸去來〉、〈菩薩蠻〉等。

⑱見崔令欽《敎坊記》所引曲名。

〈散花樂〉是佛教法會道場中所唱的梵曲，用「散花樂」和「滿道場」作和聲，因而得名。其詞如下：

啓首歸依三學滿散花樂，天人大聖十方尊滿道場。
昔者雪山求半偈散花樂，不顧軀命捨全身滿道場。
……
大衆持花來供養散花樂，一時稽首散虛空滿道場[19]。

〈散花樂〉，原稱〈蓮花落〉，用韻語來敍事，源於隋末唐初僧侶向民間化緣時所唱的歌。唐五代時改爲〈散花樂〉，在《敦煌雜錄》下輯中，還保留三篇，都是用來宣傳佛教教義的[20]。其實〈散花樂〉並非僧侶募化的歌，觀其內容，是道場禮贊的歌。除上述的〈散花樂〉外，尚有兩首，其一爲法照和尚〈散花樂讚〉：

---

[19] 任二北《敦煌曲校錄・散花樂》一篇，據《敦煌雜錄》校訂，該寫卷爲宋太祖時的寫卷。然唐代已有〈散花樂〉的曲子。

[20] 據葉德鈞〈宋元明講唱文學〉一文所考證。

散花樂，散花樂，奉請釋迦如來入道場，散花樂！
散花樂，散花樂，奉請十方如來入道場，散花樂！
散花樂，散花樂，奉請阿彌陀入道場，散花樂！
散花樂，散花樂，奉請觀世音入道場，散花樂！
道場莊嚴極清淨，散花樂，天上人間無比量，散花樂㉑！

另一首是〈請觀世音讚〉：

奉請觀世音，散花樂，慈悲降道場，散花樂。
歛容空裏現，散花樂，忿怒伏魔王，散花樂。
騰身振法鼓，散花樂，勇猛現威光，散花樂。
手中香色乳，散花樂，眉際白毫光，散花樂㉒。

㉑據任二北《敦煌曲校錄》引日藏《淨土五會念佛略法事儀讚》，內有〈散華樂〉文。
㉒據任二北《敦煌曲校錄》引日藏《轉經行道願往生淨土法事讚》卷上，內有〈請觀世音讚〉，五言，二十句，一韻。在此節錄八句。

如將「散花樂」刪去，便是五言禮讚的詩。這類佛曲，並無文學價值可言，僅保存道場禮佛的梵頌而已。而《敎坊記》中有〈獻天花〉一曲，是否與〈散花樂〉有關，因資料不足，無法證實。

〈好住娘〉，也是因和聲而得名的佛曲。內容是演故事的，大意是辭拜母親，入山歸佛的唱辭，詞語俚俗。其詞爲：

兒欲入山修道去好住娘，兄弟努力好看娘好住娘。

兒欲入山坐禪去好住娘，迴頭頂禮五臺山好住娘。

…………

佛道不遠迴心至好住娘，全身努力覓因緣好住娘。伯二七一三

這是對出家者的讚歌，指兒子出家修道，意在慰母安居，故「好住」有安居之意。

〈悉曇頌〉，敦煌曲中有〈俗流悉曇頌〉和〈佛說楞伽經禪門悉談章〉兩首，這是講經傳道，廣開禪門的佛曲，本是印度的梵曲，歌詞也是梵文，今爲定惠和尙所譯。從〈佛說楞伽經禪門悉談章序〉有一段說明，可知此爲佛敎傳道的梵唱。其序云：

諸佛子等，合掌至心聽，我今欲說〈大乘楞伽悉談章〉。〈悉談章〉者，昔大乘在楞伽

山，因得菩提達摩和尚，元嘉元年，從南天竺國，將《楞伽經》來至東都，跋陀三藏法師奉諮翻譯，其經總有五卷，合成一卷。文字浩瀚，意義難知，和尚慈悲，廣濟羣品，通經問道，識攬玄宗，窮達本原，皆蒙指受。又嵩山會善沙門定惠，翻出〈悉談章〉，廣開禪門，不妨慧學，不著文字，並合秦音。

這段文字說明〈悉曇頌〉也作〈悉談章〉，是宋元嘉元年（西元四二四），由達摩和尚由南天竺傳來中原，是對《楞伽經》禪心悟道的讚頌。唐時始由定慧禪師譯成漢文，且合大秦的方音。歌詞在傳佛經經義，今擇其中的一章，以見一斑：

頗邏墮，頗邏墮，第一捨緣清淨座，萬事不起真無我。直追菩提離因果，心心寂滅無殃禍。念念無念當印可，摩底制摩，魯留盧樓頗邏墮。諸佛弟子莫懶惰，愛河苦海須渡過。憶食不食常被餓，木頭不攢不出火。那邏邏，端坐，娑訶耶，莫臥。

其中和聲的使用至爲普遍，且用韻極密，獨唱衆和，造成梵唱莊嚴肅穆的氣氛。

其他如〈五更轉〉、〈十二時〉、〈歸去來〉，都是勸人歸依佛門，宣揚佛教教義的歌。至於〈菩薩蠻〉一曲，在《敎坊記》已著錄，盛唐時已流行的佛曲，由於曲調動人，辭句爲五七言混合體，民間詞人往往倚聲塡詞以道情。

唐代的道曲，傳世不多，道曲多假神仙之事，充滿浪漫、神秘、豔情的色彩。在六朝有游仙、志怪的文學，到唐代仍承傳其特色而加以開展，在唐代的道曲中，〈臨江仙〉多言仙事，〈女冠子〉、〈洞仙歌〉多用以道情。故道曲不入玄思，便入豔情，似乎與道敎的敎義相去較遠。《舊唐書・則天皇后本紀》：

> 夏四月，令釋教在道法之上，僧尼處道士女冠之前。

武則天重佛敎，使佛敎置於道敎之前。然唐代國姓李，與李耳同姓，故唐朝皇室也重視道敎，且皇室貴公主，多入道爲女道士。

〈臨江仙〉爲道曲，敦煌曲有〈臨江仙〉，任二北則作〈臨江山〉：「敦煌曲作〈臨江山〉，乃登臨寄慨之曲，與看江波頗相近。辭意涉及『臨江』，不及『仙』。五代〈臨江仙〉之辭，幾乎首首詠『仙』，全爲豔情之曲。」㉓其實二者應同爲一曲調，斯二六〇七便題作「曲子臨江仙」，是登臨思歸之詞：

㉓見任二北《敎坊記箋訂》曲名〈臨江仙〉條。

岸闊臨江底見沙，東風吹柳向西斜。春光催綻後園花。鶯啼燕語撩亂，爭忍不思家。　每恨經年離別苦，等閑拋棄生涯。如今時世已參差，不如歸去，歸去也，沈醉臥煙霞。

伯二五〇六　斯二六〇七

〈臨江仙〉本爲道曲，唱神仙境界，後詞意多衍爲豔情。

〈女冠子〉，唐人稱女道士爲女冠，故〈女冠子〉爲道曲的一種。敦煌曲不收〈女冠子〉，惟敎坊曲有此調，然詞已不傳。今溫庭筠有〈女冠子〉兩首㉔，其一爲：

含嬌含笑，宿翠殘紅窈窕。鬢如蟬，寒玉簪秋水，輕紗捲碧煙。　雪胸鸞鏡裏，琪樹鳳樓前。寄語青娥伴，早求仙。

此爲豔情的詞，寫女子嬌笑窈窕，對鏡思量，卻願早求仙，仍有道曲的本意。

〈洞仙歌〉本是道曲，本辭已失傳，敦煌曲《雲謠集》有〈洞仙歌〉兩首，都是閨怨的歌，寫征人遠鎮邊夷，妻子思念夫君的詞。

㉔見林大椿《全唐五代詞》。

唐代佛道之曲，本爲宣揚佛道教義的歌曲，並具有勸世勸善的功能。然而民間傳唱這類歌曲，有些主題已轉變，衍爲日常生活的抒情曲，用以作客子思歸，男女道情的豔詞。於是宗教的色彩，已深入民心，成爲唐人生活的一部分，帶來莊嚴、神秘、浪漫的情調和境界。

(四)敦煌曲的教育使命：詩歌具有陶冶性情，美化人生，敦厚人倫，轉移風俗等教化的功能，所以我國一向重視溫柔敦厚的傳統詩教。敦煌曲也不例外。敦煌曲除了反映人民的生活，傳達民間的情意，並具有勸忠、教孝、勸善等教化力量。同時敦煌曲也有兒歌和童謠，可視爲兒童啓蒙的教材，有益於兒童的語文教育、情操陶冶和智慧的啓發。

歷史具有教育意義，敦煌地處邊陲，又曾陷蕃，於是敦煌曲便記錄下這段史實，寫陷蕃時生民塗炭的遭遇。如〈菩薩蠻〉：「只恨隔蕃部，情懇難申吐。」又如〈望江南〉：

> 敦煌郡，四面六蕃圍。生靈苦屈青天見，數年路隔失朝儀，目斷望龍墀。新恩降，草木總光輝，若不遠仗天威力，河湟必陷戎夷，早晚聖人知。伯三一二八、二八〇九、三九一一

其後張義潮率領義軍收復河湟，重歸唐朝，敦煌曲中，又流露出重歸祖國的喜悅，並以教忠教孝爲勉，希望國泰民安，邊境寧靖，使聖君教化延及邊地，胡漢子民，同沐唐風。如〈感皇恩〉：

四海天下及諸州，皆言今歲永無憂。長圖歡宴在高樓，寰海內，束手願歸投。　朱紫盡風流，殿前卿相對，列諸侯。叫呼萬歲願千秋，皆樂業，鼓腹滿田疇。伯三一二八

又如〈贊普子〉：

本是蕃家將，年年在草頭。夏日披氈帳，冬天掛皮裘。語即令人難會，朝朝牧馬在荒丘。若不為拋沙塞，無因拜玉樓。斯二六〇七

敦煌曲擔負起史事的報導，歷史教育的意義，教人民「盡忠孝，向主立殊勳，靖難論兵扶社稷」；然後「棄氈帳與弓劍，不歸邊地，學唐化，禮儀同，沐恩深」。因此敦煌曲具有宣揚唐代教化的意義。

詩歌能淨化心靈，陶冶性情，敦煌曲雖爲拙樸的民歌，寫邊塞風景，邊地閑情，也自有其拙趣和境界。如〈浣溪沙〉：

雲掩茅庭書滿床，冰川松竹自清涼。幽境不曾凡客到，豈尋常。　出入每教猿閉戶，迴來還伴鶴歸莊。夜至碧溪垂釣處，月如霜。伯三八二一

又如〈浪濤沙〉

> 五兩竿頭風欲平，張帆舉棹覺船行。柔櫓不施停却棹，是船行。　滿眼風波多峽汋，看山恰似走來迎。仔細看山山不動，是船行。伯三一二八　斯二六〇七

前首寫茅庭書滿，冰川松竹，或伴鶴歸來，或夜釣碧溪，自有自得的幽境；後首寫風輕船行，張帆而去，不覺船動，反以爲山走來迎接，極富詩趣。詩歌具有教化的功能，在於它能淨化心靈，美化人生。

其次，敦煌曲中有類似兒歌童謠的曲子，在勸人勤學行孝。古代童歌除史籍五行志標明童謠外，往往不具明是兒歌或童謠的。讀《敦煌曲校錄》中的定格聯章，如〈五更轉〉、〈十二時〉、〈百歲篇〉、〈十恩德〉等，可知其中有兒歌。例如〈五更轉〉：

> 一更初，自恨長養枉生軀；耶娘小來不教授，如今爭識文與書。
>
> 二更深，孝經一卷不曾尋；之乎者也都不識，如今嗟嘆始悲吟。
>
> 三更半，到處被他筆頭算；縱然身達得官職，公事文書爭處斷。

四更長，晝夜常如面向牆；男兒到此屈折地，悔不孝經讀一行。

五更曉，作人已來都未了；東西南北被驅使，恰如盲人不見道。原卷未編號據《敦煌零拾》本

借五更的次序，道出不勤學的下場，勸兒童少年宜勤學識文字，讀《孝經》，否則便如盲人不見道。又如〈十二時行孝文〉：

平旦寅，少年勤學莫辭貧。君不見朱買未得貴，猶自行歌背負薪。

旦出卯，人生在世須臾老。男兒不學讀詩書，恰似園中肥地草。

食時辰，偷光鑿壁事慇懃。丈夫學問隨身寶，白玉黃金未是珍。

隅中巳，專心發憤尋書疏。每憶賢人羊角哀，求學山中併糧死。

日南午，讀書不得辭辛苦。如今聖主召賢才，去耳中華長用武。

日昳未，暫時貧賤何羞恥。昔日相如未遇時，悽惶賣卜於廛市。

晡時申，懸頭刺股是蘇秦。貧病卽令妻嫂行，衣錦還鄉爭拜秦。

日入酉，金樽多瀉蒲桃酒。勸君莫棄失途人，結交成己須朋友。

黃昏戌，琴書獨坐茅庵室。天子不將印信迎，誓歸山林終不出。

人定亥，君子雖貧禮常在。松柏縱然經歲寒，一片貞心常不改。

夜半子，莫言屈滯長如此。鴻鳥只思羽翼齊，點翅飛騰千萬里。
雞鳴丑，莫惜黃金結朋友。蓬蒿豈得久榮華，飄颻萬里隨風走。伯二五六四　伯二六三三

潘重規〈敦煌勸學行孝曲詞〉云：「以上十二時歌曲，表現了那個時代讀書人『勸學即所以行孝』的思想，似乎與佛教毫無干涉。但隋唐以來，僧徒常用講唱歌曲做傳教的工具。並且極力倡導孝道，來泯除儒釋的隔閡，使佛教普及中國社會各階層，形成了佛教日趨儒化，也日趨漢化。」㉕其實〈五更轉〉、〈十二時〉，均具有兒歌童謠的特性，如漢代的〈江南〉，教兒童辨東西南北的方位，〈五更轉〉教兒童辨五更時辰，〈十二時〉教兒童分辨一日的時辰，順便勸人勤學，並舉朱買臣、匡衡、羊角哀、司馬相如、蘇秦等苦學有成歷史人物爲例，勸人珍惜時光勤學行孝。尤其〈十二時〉開端語：「夜半子，鷄鳴丑，平日寅，日出卯，食時辰，……黃昏戌，人定亥。」是知性的歌謠，具有教人辨別時辰的功效。其他如〈鬪草歌〉，也是小孩鬪草時所念的童謠，難怪貫休的〈春野詩〉要說：「牛兒小，牛女少，拋牛沙上鬪百草。」

㈤敦煌曲的文學使命：由於敦煌曲的發現，我們可以了解它對唐代文學的貢獻和使命，至少有下列四端：其一，唐代民間歌謠是支持唐詩繁榮的原動力。其二，敦煌曲開拓了唐人邊塞詩的

㉕見潘重規《敦煌詞話》十。石門圖書公司，民國七十年三月出版。

新領域。其三，敦煌曲促成詞——長短句的形成與發展。其四，敦煌曲保存唐人西北邊區俗文學的原貌，且具有敦煌詞史，邊塞風情的文學特色。

探討唐詩興盛的原因，可以說是唐代的民間歌謠特別繁盛，作爲唐詩興盛的原動力。一般人提到唐詩，大都是指文人的詩篇，而忽略了唐代的民間歌謠，其實，民間無名氏的歌謠，是一股無比的力量，支持著唐詩的繁榮。唐代敦煌曲只是西北一帶的民歌，便包涵了如此豐富的內容。所以民間的俗文學，永遠是正統文學的根源，好的文學，往往是來自民間，影響著整個時代。就以中唐詩人張籍、白居易、劉禹錫等爲例，他們提倡摹仿民歌而有新樂府運動，使中唐的詩風，繼盛唐之後，再創唐詩的高潮。

敦煌曲開拓了唐人邊塞詩的新境界，由於唐朝國力强盛，版圖擴大，經濟的繁榮，商業的鼎盛，都市的興起，仕宦商旅戍客往來頻繁，歌館酒樓普遍設立，有助於唐代歌謠的發生與流傳。尤其西域諸國的歸附入貢，促成胡漢民族的融和，文化的交流，造成胡樂夷歌的大量輸入中原，使唐代的詩歌，增加了四方的異彩。尤其是邊塞詩，不再停留在征夫羈旅的思歸，閨中思婦的哀怨，而以塞上的風光與青年報國的壯志結合，開拓了含有邊塞風情、悲壯、豪曠、雄麗的詩境。

唐代著名的邊塞詩人如高適、岑參、王昌齡、王之渙、李頎、盧綸等，其中有些詩人也曾數度出塞過，他們也聽過敦煌曲，曾在詩中留下踏過河湟地區的足跡。就以詩題而言，他們曾以〈從軍行〉、〈塞上曲〉、〈塞下曲〉、〈涼州詞〉、〈伊州歌〉、〈北庭作〉、〈過磧〉、

〈優鉢羅花歌〉、〈敦煌太守後庭歌〉等爲題寫過詩，與敦煌曲以曲調爲題不盡相同；但在內容上，以表現悲壯、豪曠的詩境，卻是一致的。如民間詩人所寫的：「敦煌古往出神將，感得諸蕃遙欽仰」，「自從宇宙充戈戟，狼煙處處熏天黑」，與文人詩家所寫的：「秦時明月漢時關，萬里長征人未還」，「黃沙直上白雲間，一片孤城萬仞山」，同是代表唐代青年詩人的心聲，開拓了唐代邊塞詩的新境界。

敦煌曲子詞，是詞，是曲子，是聲詩，是長短句，是唐人的新體詩，也是由倚聲塡詞所構成的音樂文學。因此敦煌曲促成詞的形成與發展，是無可置疑的。

敦煌曲子詞所代表的年代，包括了唐和五代，雖然這些無名氏的作品，難以推斷它發生的年代，但可從《教坊記》所提到的曲調，以及敦煌陷蕃前的曲子來論斷，其中不乏盛唐的作品。例如敦煌曲中的〈望江南〉：

> 天上月，遙望似一團銀。夜久更闌風漸緊，為奴吹散月邊雲，照見負心人。《敦煌零拾》本

又如〈虞美人〉：

> 金釵頭上綴芳菲，海棠花一枝。剛被蝴蝶遶人飛，拂下深深紅蕊落，污奴衣。伯三九九四

這些纖穠輕豔的小令，保有歌者之詞的本色，且語言通俗生動，具有民間文學的特徵，是早期民間的詞。

又如「枕前發盡千般願」的那首〈菩薩蠻〉，據任二北的考證，認爲是歷史上最早的〈菩薩蠻〉，它發生的年代當在盛唐㉖。今人所編的文學史說明〈菩薩蠻〉發生的年代，多引《杜陽雜編》的說法：「大中初，女蠻國貢雙龍犀。……其國人危髻金冠，纓絡被體，故謂之「菩薩蠻」。當時倡優，遂製〈菩薩蠻曲〉，文士亦往往聲其詞。」大中是唐宣宗的年號（西元八四七—八五九），去開元、天寶（西元七一三—七五五）約百餘年，因此不敢相信李白（西元七〇一—七六二）能作〈菩薩蠻〉詞。今依楊憲益的說法，盛唐時已有此曲調㉗。且崔令欽的《敎坊記》也收錄有〈菩薩蠻〉的曲調，便證明李白作〈菩薩蠻〉有此可能。《敎坊記》成書的年代是開元二年（西元七一四），李白原爲氐人，小時學過此調，開元十三年，李白二十五歲，曾流落在襄漢間，於湖南鼎州滄水驛樓，題下此詞㉘。因此，李白作〈菩薩蠻〉並不足爲疑。其次，李

㉖見任二北《敦煌曲初探》第五章〈雜考與臆說〉，〈論時代〉七。

㉗同㉖。

㉘見楊憲益《零墨新箋》。

白作〈憶秦娥〉，北宋李之儀有〈憶秦娥〉的和韻㉙。因此北宋李之儀時已證〈憶秦娥〉爲李白所作，後人隨意加以懷疑，實在缺乏有力的證據。

由於敦煌曲的發現，我國詞的發生，至少可以提至盛唐時期。

敦煌曲子詞保存了唐人西北邊區俗文學的原貌，代表了唐人的民歌。從歷代民歌的發展來看，各時代的民歌都表現了時代的特色，《詩經》代表周代民歌，具有風雅比興的特色。漢樂府代表兩漢民歌，以感於哀樂，緣事而發爲特色，開創了敍事詩的蹊徑。吳歌、西曲、神弦曲和梁鼓角橫吹曲，代表了六朝和北朝的民歌，以清商哀苦，戀歌小詩爲特色，開創了抒情小詩的風格。敦煌曲代表了唐代民歌，具有敦煌詞史，邊塞風情的特色，開展了白話長短句的詩風。而唐以後的民歌，如〈掛枝兒〉、〈駐雲飛〉、〈山歌〉、〈馬頭調〉等，仍然保持白話通俗的長短句形式，只是在格律上更趨於活潑、自由。

三

敦煌曲保存了唐人河湟一帶的民歌，有男女愛情的吟詠，有邊客征夫的歎吟，有忠臣義士的

㉙見《全宋詞》李之儀所塡〈憶秦娥〉詞，題下自注：「用太白韻。」

壯語，閨情思婦的哀思，有豪俠武勇的贊頌，隱君子怡情悅志的謳歌，有少年學子的心聲，胡漢邊地的樂音，以及佛教道士的讚頌，醫生的歌訣，勸學勸善的謳謠，林林總總，莫不入歌，反映了唐人生活的實況，社會時代的使命。

一首古老的民歌，傳達了古代人們共同的意願，訴說了民間共同愛憎的態度，透過民間詩人豐富的想像，自然的抒吐，用大衆的語言，傳達大衆的情感。雖然敦煌曲音樂的部分已泯滅而不可考，唐人的歌聲已渺，從歌詞中，依然悠悠地透出緜密的餘情，依然隱約地傳來活躍的神采，千載之下，沒有激情，沒有哀傷，只是更使人懷念，更使人佔緬不已。

——民國七十五年十二月《漢學研究》第四卷第二期

歷代王昭君詩歌在主題上的轉變

一 序言

在我國樂府詩中，有些歷史人物，如西施、孟姜女、秋胡子、班婕妤、王昭君、楊貴妃、陳圓圓等，為古今詩人所樂於吟誦的題材。這些題材，大抵與情有關，又是宮闈秘聞，本於人們好奇的心理，悲劇性的情節，傳奇性的故事，使歷代詩人樂於借史事而加以改寫，同時民間詩人也愛利用這類題材，改編成民歌來傳唱，於是世代相傳，成為佳話。

今以主題學的眼光，來看這些一再被詩人改寫的題材，在詩歌的主題上，必然會增加一些新意，或在主題上有所轉變，或對原來的史實，做深一層的探討，增添詩歌的情趣。因此同一題材，經詩人多次反復的描寫，使各代詩人站在不同的觀點、不同的角度、不同的時代，對過去所發生的事，重新給予評價或點醒，重新給予內心的激盪和回響。所以同一題材的詩歌，竟有這麼豐富的作品和不同的主題出現，使後代的學者，從這些詩歌中，歸納出作品主題的演變，價值的判斷，以及技巧的創新；於是才有主題學的發生，開拓了文學研究的新領域。

有見於此，我們不妨使用主題學的新觀念、新方法，對歷代有關歌詠王昭君一類的詩歌，從主題上做一次分析研究，以瞭解詩人對這件史事所抒發的感想和不同的看法。

二　王昭君的史事

王昭君下嫁匈奴王的史事，發生在西漢元帝竟寧元年（西元前三十三年）。據史册記載，那年春天，由於匈奴王虖韓邪單于來朝請婚，元帝便遣後宮良家女王嬙賜嫁給匈奴王。

王嬙，名一作檣，亦作牆，字昭君，南郡秭歸人。秭歸是巫峽附近居山傍水的一個小縣，景色清麗，也是戰國時楚國屈原的家鄉。王嬙被郡國舉而選入後宮，由於後宮佳麗多，未被御幸❶。另一說，據《琴操》記載，王嬙是齊國王穰的女兒，十七歲入宮❷。後元帝將她賜嫁給匈

---

❶《漢書・元帝紀》顏師古注：「應劭曰：『郡國獻女未御見，須命於掖庭，故曰待詔。王檣，王氏女，名檣，字昭君。』文穎曰：『本南郡秭歸人。』蘇林曰：『閼氏，音焉支，如漢皇后也。』」

❷見唐・吳兢的《樂府古題要解》卷上王昭君條。

奴王虖韓邪，被尊爲「寧胡閼氏」。匈奴人稱皇后爲閼氏。《漢書．元帝紀》記載此事：

> 竟寧元年春正月，匈奴虖韓邪單于來朝。詔曰：「匈奴郅支單于北叛禮義，既伏其辜。虖韓邪單于不忘恩德，鄉慕禮義，復修朝賀之禮，願保塞，傳之無窮，邊垂長無兵革之事。其改元為竟寧。賜單于待詔掖庭王檣為閼氏。」

又〈匈奴傳〉下云：

> 竟寧元年，單于復入朝，禮賜如初，加衣服錦帛絮，皆倍於黃龍時。單于自言願壻漢氏以自親。元帝以後宮良家子王牆，字昭君，賜單于。單于驩喜，上書願保塞上谷以西至敦煌，傳之無窮，請罷邊備塞吏卒，以休天下人民。

同時，民間筆記也記載王嬙和蕃的故事，其情節比正史所載更爲複雜而詳盡。在《西京雜記》上說：王嬙被郡國選入後宮，因不願賄賂畫工毛延壽，毛延壽故意將她的像畫得難看，使她得不到元帝的御幸。此時，匈奴王來請婚，元帝便案圖將王嬙賜嫁給匈奴王。臨行，元帝召見王嬙，見她容貌豔麗，舉止閑雅，大爲後悔。但名籍已定，爲見信異國，不便更改。因此，元帝事後斬畫工毛延壽以洩恨❸。但《西京雜記》是梁代吳均收集舊聞所撰，其可靠性不及正史所記，僅增加這段故事的傳奇性。

王昭君入匈奴，初爲虖韓邪單于的后，生一子。虖韓邪死，子雕陶莫皋立，爲復株絫單于，又以王昭君爲妻，所以石崇的〈王昭君辭〉有「父子見陵辱，對之慙且驚」的句子，便是就父子聚麀事而發的。後又生二女。《漢書・匈奴傳》曾記道：

王昭君號寧胡閼氏，生一男伊屠智牙師，為右日逐王。虖韓邪立二十八年，建始二年死。……復株絫單于復妻王昭君，生二女。

唐吳兢《樂府古題要解》以爲虖韓邪單于死，子復株絫單于（吳氏書作世達）欲以胡禮復妻昭君，昭君乃吞藥而死❹。但此說不確，班固《漢書》記載詳實，故不從吳兢引《琴操》的說法。

王昭君以一漢家女子，遠嫁匈奴王，在漢代的外交史上，增加不少美談。同時，她對漢代安邦睦鄰的工作上，有極大的貢獻，使邊境安寧，匈奴不寇邊，達三四十年之久。後來王昭君想必

---

❸見《西京雜記》卷二。《西京雜記》多記西漢軼事，相傳爲西漢末劉歆撰，或題晉・葛洪撰，但據後人考證當爲梁・吳均託名而作。

❹同❷。

死在匈奴，一生含怨塞外，而獨留青冢在黃沙。歷代詩人爲感念她的身世和遭遇，寫下不少動人的詩篇。

三　詩人筆下的王昭君

在漢人的樂府詩，有〈昭君怨〉一首，是現存最早的一首有關王昭君的詩歌，郭茂倩《樂府詩集・琴曲歌辭》，並視爲王嬙所作，其詞曰：

秋木萋萋，其葉萎黃。有鳥處山，集于苞桑。養育毛羽，形容生光。既得升雲，上遊曲房。離宮絕曠，身體摧藏。志念抑沈，不得頡頏。雖得委食，心有徊徨。我獨伊何，改往變常。翩翩之燕，遠集西羌。高山峨峨，河水泱泱。父兮母兮，道里悠長。嗚呼哀哉，憂心惻傷[5]。

其次，爲西晉時石崇所寫的一首〈王昭君詞〉，辭中把王昭君和番的事，詳加鋪述，是一首

---

[5] 見南宋郭茂倩的《樂府詩集》卷五十九〈琴曲歌辭・三〉。

以歷史故事寫成的故事詩。梁・蕭統《文選》和徐陵《玉臺新詠》均錄有此詩，今錄原詩如下：

王昭君詞 并序

王明君者，本是王昭君，以觸文帝諱改焉。匈奴盛，請婚於漢，元帝以後宮良家女子昭君配焉。昔公主嫁烏孫，令琵琶馬上作樂，以慰其道路之思，其送明君，亦必爾也。其造新曲，多哀怨之聲，故敍之於紙云爾。

我本漢家子，將適單于庭。辭訣未及終，前驅已抗旌。僕御涕流離，轅馬悲且鳴。哀鬱傷五內，泣淚沾朱纓。行行日已遠，遂造匈奴城。延我於穹廬，加我閼氏名。殊類非所安，雖貴非所榮，父子見陵辱，對之慙且驚。殺身良不易，默默以苟生。苟生亦何聊，積思常憤盈。願假飛鴻翼，棄之以遐征。飛鴻不我顧，佇立以屏營。昔為匣中玉，今為糞上英。朝華不足嘉，甘與秋草并。傳語後世人，遠嫁難為情[6]。

從主題的觀點來看，這兩首詩，都是以第一人稱的口吻寫成，前首寫離宮入胡，寄身羌域，思親思鄉的哀傷；後首敍事客觀，大抵與史實吻合，描寫沙塞的寂寥，去國離情的哀思，道出遠

[6] 見梁・蕭統的《文選》卷二十七〈樂府〉。

嫁難爲情的苦衷。

其後自晉代以迄清代，詩人吟唱王昭君故事的詩歌，不下百首，且多短篇的絕律，就以《樂府詩集》中所收錄這類的詩歌，便有五十二首之多❼。這些詠史詩，每首所表現的主題，各不相同，今依主題的分類，大別可分爲：辭漢、跨鞍、和親、望鄉、客死、哀紅顏、斬畫工等類。今分別引詩說明如下：

以辭漢爲主題者，包括描寫王昭君在宮中的恩情已薄，辭宮去國離親的哀傷，詩人以漢元帝的錯把娥眉付沙塞，深感婉惜。如北周庾信的〈王昭君〉二首，其一云：

> 猗蘭恩寵歇，昭陽幸御稀。朝辭漢闕去，夕見胡塵飛。寄信秦樓下，因書秋雁歸。

又如唐．沈佺期的〈王昭君詩〉等便是：

> 非君惜鸞殿，非妾妒蛾眉。薄命由驕虜，無情是畫師。嫁來胡地惡，不並漢宮時。心苦無聊賴，何堪上馬辭。

❼據《全漢三國晉南北朝詩》、《全唐詩》、《樂府詩集》卷二十九、五十九所收錄〈王昭君詞〉、〈王明君〉、〈昭君怨〉、〈昭君歎〉、〈昭君引〉等，不下百首，以下所引詩，大都出於上述三部詩總集。

以跨鞍爲主題者，寫王昭君前往胡地的辛勞，見塞外景物與漢家景物的差異，鏡裏朱顏改。如唐・楊凌的〈明妃怨〉：

漢國明妃去不還，馬馱弦管向陰山。匣中縱有菱花鏡，差對單于照舊顏。

又如唐・董思恭的〈王昭君〉：

琵琶馬上彈，行路曲中難。漢月正南遠，燕山直北寒。髻鬟風拂亂，眉黛雪沾殘。斟酌紅顏盡，何勞鏡裏看。

以和親爲主題者，以憐惜王昭君遠嫁和親，沈怨沙塞；卻少描寫因昭君的和蕃，是敦邦睦鄰，換取胡漢邊境的寧靖。如唐・東方虬的〈王昭君〉三首，其一云：

漢道初全盛，朝廷足武臣。何須薄命妾，辛苦遠和親。

又如唐・張祜的〈昭君怨〉二首，其一爲：

漢庭無大議，戎虜幾先和。莫羨傾城色，昭君恨最多。

又如唐・梁氏瓊的〈昭君怨〉：

自古無和親，貽災到妾家。胡風嘶去馬，漢月弔行輪。衣薄狼山雪，妝成虜塞春。回看父母國，生死畢胡塵。

以望鄉爲主題者，描寫昭君入胡後，望鄉思漢家，這類的詩篇幅最多。如李白的〈王昭君〉二首，其一爲：

漢家秦地月，流影照明妃。一上玉關道，天涯去不歸。漢月還從東海出，明妃西嫁無來日。燕支長寒雪作花，蛾眉憔悴沒胡沙。生乏黃金枉圖畫，死留青塚使人嗟。

又如唐・張祜的〈昭君怨〉二首，其一是：

萬里邊城遠，千山行路難。舉頭唯見月，何處是長安？

以客死爲主題者，寫昭君遠嫁不歸，葬身胡域，青塚爲證❽，琵琶傳怨。如唐・皎然的〈王昭君〉：

自倚嬋娟望主恩，誰知美惡忽相翻。黃金不買漢宮貌，青塚空埋胡地魂。

又如唐・杜甫的〈詠懷古跡〉五首之一：

羣山萬壑赴荊門，生長明妃尚有村。一去紫臺連朔漠，獨留青塚向黃昏。畫圖省識春風面，環佩空歸月夜魂。千載琵琶作胡語，分明怨恨曲中論。

又如清・袁枚之妹袁雲扶的〈明妃詩〉：

❽王昭君墓，在今綏遠省歸綏縣境。有青冢。

> 一曲琵琶淚未收，犁眉騧上擁貂裘。不將心負南天月，那得魂歸塞北秋。青塚路迴雲漠漠，紫臺人去路悠悠。細君小女應回首，贏得千年碧草愁❾。

以哀紅顏爲主題者，自古紅顏多薄命，王昭君的遭遇，亦如落花凋謝，成爲詩家吟誦的題材。如梁・施榮泰的〈王昭君〉：

> 垂羅下椒閣，舉袖拂胡塵。唧唧撫心歎，蛾眉誤殺人。

又如北周庾信的〈明君詞〉：

> 斂眉光祿塞，遙望夫人城。片片紅顏落，雙雙淚眼生。冰河牽馬渡，雪路抱鞍行。胡風入骨冷，夜月照心明。方調琴上曲，變入胡笳聲。

以斬畫工爲主題者，王昭君之所以入胡，在於畫工收賄賂，而昭君自恃容貌，獨不肯給，畫

---

❾見廣文書局出版的《隨園五種》中其一的〈繡餘吟稿〉。且袁枚亦有〈落花詩〉八首，吟歷代紅顏薄命的名女子。

工因此將她畫得醜些，才造成昭君和蕃的下場。但也有詩人認爲不可怪畫工，因畫工只能畫外貌不能畫神態，以致毛延壽被斬，也是冤枉。如梁・范靜婦沈氏的〈昭君歎〉二首，其一爲：

早信丹青巧，重貨洛陽師。千金買蟬鬢，百萬寫蛾眉。

又如唐・李商隱的〈王昭君〉：

毛延壽畫欲通神，忍為黃金不為人。馬上琵琶行萬里，漢宮長有隔生春。

又如宋・王安石的〈明妃曲〉二首，其一云：

明妃初出漢宮時，淚濕春風鬢脚垂。低徊顧影無顏色，尚得君王不自持。歸來却怪丹青手，入眼平生幾曾有。意態由來畫不成，當時枉殺毛延壽。一去心知更不歸，可憐看盡漢宮衣。寄聲欲問塞南事，只有年年鴻雁飛。家人萬里傳消息，好在氈城莫相憶。君不見咫尺長門閉阿嬌，人生失意無南北⑩。

⑩見商務印書館四部叢刊初編《王臨川先生文集》卷四。

自古以來，歌詠王昭君的詩歌很多，以上僅從主題的分類，歸納出幾項加以說明罷了。其實詩人對史事的感懷，因時代的不同，感受也有差異；同時，往往在一首詩中，也涵蓋了好幾種主題，尤其是敍事的詠史詩，更具這項特色。只有絕律，因爲篇幅較短，只能從一個主題加以發揮，便較單純而容易顯現主題的所在。

四 王昭君詩歌在主題上的轉變

王昭君嫁與匈奴王虖韓邪，這是西漢元帝時的史事，詩人吟唱此事，原本依史事而發，寫成敍事詩或詠史詩。漢代樂府詩的盛行，詩人本著樂府詩的精神，「感於哀樂，緣事而發」⓫，眞實而深刻地反映了兩漢的社會生活和人們的思想情感。可惜漢人所寫的王昭君詩歌，如今大半亡佚，僅存王嬙的〈昭君怨〉一首，收錄在《樂府詩集・琴曲歌辭》中，觀其歌辭平淡，主題在思念父母，恐爲後世託名而作。其次，較早的王昭君詞，是西晉石崇所作，石崇作〈王明君詞〉，是因避司馬昭的諱，將昭字改爲明字。他寫此詩的動機，是供綠珠傳唱。石崇所處的時代，是詠

⓫見《漢書・禮樂志・序》。

史詩流行的時代，因此石崇的王昭君詞，將史實鋪敍後，點出「遠嫁難爲情」的主題，千載之下，讀之猶有餘情。

魏晉南北朝詩，是小詩流行的年代，重巧構形似之言，詩重趣味，尙用綺靡的詞語，與兩漢詩風不同。其間的詩人，以寫小篇的抒情詩爲主，不作長篇的敍事詩，由於齊梁間，宮體詩盛行，而王昭君和親的題材，切合宮體詩的表現，於是便有大量的王昭君詩或昭君歎、昭君怨之類的詩歌出現。這些詩歌，不外借王昭君的故事，轉移到宮庭女子爲情爲愛所造成的怨和恨，豐富了王昭君詩歌的內容，在主題上，由詠史詩開展爲宮體詩。宮體的王昭君詩，用字華麗，具有金粉文學的色澤；著筆細膩，甚至刻畫她的體態、服飾，或心理現象。且讀梁・簡文帝的〈明君詞〉：

玉豔光瑤質，金鈿婉黛紅。一去蒲萄觀，長別披香宮。秋簷照漢月，愁帳入胡風。妙工偏見詆，無由情恨通。

又如沈約的〈明君詞〉：

朝發披香殿，夕濟汾陰河。於兹懷九折，自此斂雙蛾。沾妝疑湛露，繞臆狀流波。日見奔

> 沙起，稍覺轉蓬多。胡風犯肌骨，非直傷綺羅。銜涕試南望，關山鬱嵯峨。始作陽春曲，終成苦寒歌。唯有王五夜，明月暫經過。

這兩首詩的主題，在寫辭宮後的離恨，思漢家的苦楚。但在用辭上，華麗綺靡，構句上，對仗駢儷，如「玉豔光瑤質，金鈿婉黛紅」，「沾妝疑湛露，繞臆狀流波」，已達巧構形似，曲寫其狀的境地。同時在內容上，寫宮庭婦女的情思和生活，合乎輕豔的風格，宮體詩的特色。由於王昭君的題材，正好切合宮體詩的精神，因此六朝詩人寫了不少詠王昭君的詩歌。

唐代詩歌，近體詩已居成熟，於是短小的詩篇，無論在音律上或詩趣、詩境上，都能有完好的表現。王昭君的故事，既是宮詞，又是邊塞詩的題材，因此唐人寫這類的詩歌，便帶有濃烈的邊塞詩風情。如唐・王偃的〈明君詞〉：

> 北望單于日半斜，明君馬上泣胡沙。一雙淚滴黃河水，應得東流入漢家。

又如唐・白居易的〈王昭君〉二首，其一是：

> 漢使卻迴憑寄語，黃金何日贖蛾眉？君王若問妾顏色，莫道不如宮裏時。

又如唐・戴叔倫的〈明君詞〉：

漢宮路遠近，路在沙塞上；到死不得歸，何人共南望。

唐人寫王昭君的詩最多，初唐期間，如駱賓王、沈佺期、上官儀等的王昭君詩，仍是六朝宮體的主題，但盛唐、中唐時，詩人如戴叔倫、王維、李端等所寫的〈明君詞〉，已帶有邊塞詩的豪情，且詩趣顯著可愛。這是唐人王昭君詩在主題上的一大轉變。

唐詩主情，宋詩主理。宋人寫王昭君詩，如歐陽修、蘇軾、王安石、梅聖俞等，便落於深沈的議論，道前人所未道者。如宋・葛立方的《韻語陽秋》云：

古今人詠王昭君多矣。王介甫（安石）云：「意態由來畫不成，當時枉殺毛延壽。」歐陽永叔（修）云：「耳目所及尚如此，萬里安能制夷狄。」白樂天（居易）云：「愁苦辛勤顦悴盡，如今卻似畫圖中。」後有詩云：「自是君恩薄於紙，不須一向恨丹青。」李義山（商隱）云：「毛延壽畫欲通神，忍為黃金不為人。」意各不同，而皆有議論，非若石季倫、駱賓王輩徒序事而已也。刑惇夫十四歲作明君引，謂：「天上僊人骨法別，人間畫工畫不得。」亦稍有思致。

宋人詠王昭君詩，情節論及極細微的問題，連王昭君前往匈奴庭，是否自彈琵琶，也是詩中主題之一。宋・葛立方《韻語陽秋》云：

文選載石季倫（崇）昭君詞云：「昔公主嫁烏孫，令琵琶馬上作樂，以慰其道路之思，昭君亦然。」則馬上彈琵琶，非昭君自彈也。故孟浩然涼州詞云：「故地迢迢三萬里，那堪馬上送明君。」而東坡古纏頭曲乃云：「翠鬟女子年十七，指法已似呼韓婦（指昭君）。」梅聖俞明妃曲亦云：「月下琵琶旋製聲，手彈心苦誰知得？」則皆以為昭君自彈琵琶，豈別有所據邪？

王昭君和親，烏孫公主遠嫁，蔡琰入胡後被贖回，都是漢代發生的史事，爲古今詩人所愛詠的資料，但在主題上的變化，十分細微而有趣。大抵後世就其所處的社會現象、時代背景、詩風趨向，就史事而發爲詩歌，各有其情思理趣，爲世人所樂於傳誦。

五　結論

一曲王昭君，從古唱到今，都滲入了時代的意識和民族的情感，由徒然的敍事到詠史，到宮詞，到邊塞，到說理，一闋昭君詞，幾乎是歷代詩史發展的縮影，而主題的變化也不斷地隨詩人的情思而擴大、加深。

——民國七十二年十月十七日《青年日報》副刊

樂府詩中楊柳曲主題的轉變

一 緒論

在詩歌中，詩人常藉自然界的景物爲題材，或因外界的景物起興，引來感發而寫成詩歌，因而這類的詩歌，可稱爲「寫景詩」或「風景詩」。但在中國古典詩歌中，沒使用這類名稱，而使用「山水詩」、「田園詩」、「邊塞詩」或「詠物詩」等名稱。

去年中國古典文學研究會主辦「中國古典文學第一屆國際會議」，在會議中，鍾玲教授曾發表論文，題爲〈先秦文學中楊柳的象徵意義〉❶，引起熱烈的討論。其後，陳新雄教授也撰寫

❶該論文刊於《古典文學》第七集上册，中國古典文學研究會主編，民國七十四年八月，臺灣學生書局。

一篇論文，題爲〈論詩經中的楊柳意象——對鍾玲教授〈先秦文學中楊柳的象徵意義〉一文的商榷〉❷，加以回響。本文研究的動機和方法，在於運用主題學的觀念，來探討漢代至唐代樂府詩中有關寫景詩的發展，而選擇〈楊柳曲〉一類的樂府，分析其題材上的運用，以及主題的轉變，定題爲〈樂府詩中楊柳曲主題的轉變〉。

本文研究的範圍，以漢代至唐代（西元前二〇六—西元九〇六年）樂府詩中的〈楊柳曲〉爲對象。資料的來源，依據南宋郭茂倩所輯的《樂府詩集》，元・左克明所輯的《古樂府》和清・曹寅等所編的《全唐詩》爲主，並取敦煌曲子詞中有關〈楊柳曲〉的資料。包括《樂府詩集》中所收錄的：

〈折楊柳〉（橫吹曲辭）　二十五首
〈折楊柳歌辭〉（橫吹曲辭）　九首
〈折楊柳行〉（相和歌辭）　四首
〈攀楊柳〉（清商曲辭）　一首
〈月節折楊柳歌〉（清商曲辭）　十三首
〈楊白花〉（雜曲歌辭）　一首

❷該論文刊於《國文學報》第十五期，民國七十五年六月，國立臺灣師範大學國文學系印行。

《古樂府》中所收錄的：

〈折楊柳歌〉　四首

梁元帝〈折楊柳〉　一首

〈折楊柳行〉　四首

《全唐詩》中所收錄的：

白居易〈楊柳枝〉　十首

劉禹錫〈楊柳枝〉　十二首

以及盧貞、李商隱、溫庭筠、齊己、張祜、孫魴、薛能、牛嶠、和凝、孫光憲等人的〈楊柳枝〉數十首。

敦煌曲子詞中所收錄的：

〈楊柳枝〉　一首

其他有關樂府詩中描寫楊柳的詩句，也在引用的範圍，使楊柳在詩中與主題的關係更爲明確；同時，明瞭楊柳在中國民歌中所代表的意義。

二 樂府詩題與主題的關係

中國最早的詩歌，往往取詩中的首句或首句中的某些字做標題，如《詩經》的三百篇，便是如此。漢人寫詩，也是如此，如「古詩十九首」，李陵、蘇武的詩，也是取首句爲題的。詩歌有特定的標題，並用來顯示詩中的主題，卻是從漢人的樂府詩開始❸。

漢樂府詩的命題，是因樂曲而得名的。樂曲與歌辭結合，構成音樂文學，漢人稱可歌的詩爲「歌詩」或「樂府詩」，因此樂曲名，往往也是內容和主題的所在。如〈短歌行〉、〈長歌行〉、〈放歌行〉，其內容都是屬於以慷慨、感慨爲主題的歌曲。漢樂府本是漢武帝時所設立的音樂官府，該行政機構的職掌，在編製雅樂，並採集各地民歌，以供朝廷祭祀宴樂所需的歌曲❹。漢樂

❸見丁福保所輯《全漢三國晉南北朝詩》全漢詩部分，逯欽立所輯《先秦漢魏晉南北朝詩》漢詩卷一至卷十二部分。

❹《漢書・禮樂志》：「至武帝定郊祀之禮，祠太一於甘泉，祭后土於汾陰，乃立樂府。采詩夜誦，有趙、代、秦、楚之謳，以李延年爲協律都尉，多舉司馬相如等數十人造爲詩賦，略論律呂，以合八音之調，作十九章之歌。」

府的特色，在於「感於哀樂，緣事而發」❺。緣事而發的詩歌，容易形成敍事詩，敍事要有主題、有故事，而詩題便是主題的點醒，如〈孤兒行〉，寫孤兒訴說遭遇兄嫂虐待的種種事情；〈婦病行〉，寫病婦臨終交待遺言，以及遺孤無人照顧，顯示她的丈夫不負責任所造成的悲劇；〈白頭吟〉，寫妻子本欲與丈夫白頭偕老，但因丈夫變心，使她無法與他廝守終生而仳離；〈羽林郎〉，寫酒店的胡姬遭羽林軍戲謔的故事。當然樂府詩的命題，也有比照早期取首句爲題的，如漢武帝使司馬相如等所作十九章的〈郊祀歌〉，便是取首句爲題的，他如〈江南〉、〈薤露〉、〈上山採蘼蕪〉、〈烏生八九子〉等，也是採詩中的首句爲題。

由是觀之，樂府詩命題的方式約有三種：一種是用樂曲而命題的，一種是用詩中的主題而命題的，一種是用詩中的首句而命題的。前兩種樂府詩的命題與詩中的主題，有直接點題的作用，後一種取詩中的首句爲題，便不全然與詩中的主題有直接點題的關係。

由於樂府詩有點出主題的命題效果，使東漢中葉以後，詩人寫詩，在詩題的擬製上起了改變，像班固、秦嘉、建安詩人，他們除了模仿樂府詩外，也有自擬題的詩。開始時，他們只用較單純的詩題來點出主題，普遍用「雜詩」、「公讌」、「詠史」、「七哀詩」等詩題，或以贈答、送別爲題，用「贈婦詩」、「答客詩」、「送應氏」、「贈白馬王彪詩」等。建安以後，詩歌的

❺《漢書．藝文志．詩賦略．序》：「自孝武立樂府，而采歌謠，於是有代趙之謳，秦楚之風，皆感於哀樂，緣事而發，亦可以觀風俗，知薄厚云。」

命題，愈來愈精確而多樣，使詩歌的標題，能表現畫龍點睛的效果，具體點出詩歌主題的所在。

三　楊柳曲主題的探討

自《詩經・小雅・采薇》中，有「昔我往矣，楊柳依依；今我來思，雨雪霏霏」的詩句，寫征夫在春天楊柳正盛時，離家去討伐玁狁，當他在回家的路上，正是冬天落雪紛飛的時候。詩中前後兩句造成對稱之美，依依形容楊柳的茂盛，由於「昔我往矣，楊柳依依」，是寫春天離家的景象，因此「楊柳」一詞，含有春天和別情等多重性的意義。漢以後，更有〈楊柳曲〉，它的主題，愈來愈寬廣，而楊柳的含義，也愈來愈豐富，成爲民歌中很受人喜愛的歌曲。

楊柳是植物名，本指楊樹和柳樹，是中國各地極普遍常見的植物。楊樹枝勁而葉上揚，《說文》：「楊，蒲柳也。」據崔豹《古今注》所載，有白楊葉圓，青楊葉長，蒲楊葉長細，移楊葉圓蒂弱四種；《埤雅》則謂楊有黃楊、白楊、青楊、赤楊四種。柳樹枝條柔長而葉下垂，《說文》：「柳，小楊也。」據《古今圖書集成》所載，又名檉，有河柳、澤柳、垂柳、欅柳、杞柳、柜柳、檉河柳、旄澤柳等名稱。世人往往「楊柳」連稱，甚至把垂柳也稱爲楊柳。並引述陳藏器的話：「江東人通名楊柳，北人都不言楊，楊樹枝葉短，柳樹枝葉長。」❻

❻見《古今圖書集成・草木典・柳部》。

中國寫景詩中，楊柳、桃李、梅蘭、竹菊、蓮菱、松柏等，常被詩人寫入篇中，並編成動人的故事，如：「楊白花」、「青娥換馬」、「桃花夫人」、「暗香疏影」、「竹菊隱者」、「松柏高士」等。這些草木除了本身的實體外，還具有多重象徵的意義，表達了詩歌「言有盡而意無窮」的功能。今將漢至唐〈楊柳曲〉的主題，探討如下：

㈠漢魏〈楊柳曲〉的主題：

漢魏時〈楊柳曲〉，有別歌、詠史、游仙等主題。漢人的〈楊柳曲〉，出〈橫吹曲〉，即〈折楊柳〉。《樂府詩集》引《樂府解題》云：

> 漢橫吹曲，二十八解，李延年造。魏、晉已來，唯傳十曲：一曰黃鵠，二曰隴頭，三曰出關，四曰入關，五曰出塞，六曰入塞，七曰折楊柳，八曰黃覃子，九曰赤之揚，十曰望行人。」❼

可惜漢人的〈折楊柳〉已失傳，無法得知其歌辭。但漢人送別，有折柳相贈的民俗。同時，

❼見《樂府詩集》卷二十一〈橫吹曲辭〉一。

「柳」和「留」有諧音雙關語的作用，折柳送別，有不忍其遠行，含有挽留、慰留之情意，留客人不要走。漢無名氏所撰《三輔黃圖》卷六〈橋〉：「霸橋，在長安東，跨水作橋，漢人送客至此橋，折柳贈別。」❽因此有「霸橋折柳」、「霸陵傷別」的成語。而漢人的〈折楊柳〉，便如同《詩經・采薇》，是一首送別曲。

今存漢魏的〈折楊柳行〉兩首，一爲古辭〈默默〉，一爲曹丕的〈西山〉，其歌詞如下：

折楊柳行　古辭

默默施行違，厥罰隨事來：末喜殺龍逢，桀放於鳴條。祖伊言不用，紂頭懸白旄。指鹿用為馬，胡亥以喪軀。夫差臨命絕，乃云負子胥。戎王納女樂，以亡其由余。璧馬禍及虢，二國俱為墟。三夫成市虎，慈母投杼趨。卞和之刖足，接輿歸草廬。

同前　曹丕

西山一何高，高高殊無極。上有兩仙僮，不飲亦不食。與我一丸藥，光耀有五色。服藥四五日，身體生羽翼。輕舉乘浮雲，倏忽行萬億。流覽觀四海，茫茫非所識。彭祖稱七百，

❽《筆記小說大觀》四編，第一冊，新興書局。

> 悠悠安可原。老聃適西戎，于今竟不還。王喬假虛辭，赤松垂空言。達人識真僞，愚夫好妄傳。追念往古事，憒憒千萬端。百家多迂怪，聖道我所觀。

兩首歌辭中均未提及楊柳，而題作「折楊柳行」，只是借此樂曲，而將主題轉化爲詠史和游仙。前首首二句爲主題的所在，借詠史而諷勸君王行善，是勸人行善積德的詩歌。中國的詠史詩，大致具有借古諷今的目的，可說是得自詩敎溫柔敦厚之旨。後一首主旨在游仙，讚頌西山有神仙，如同漢〈鐃歌〉中的〈上陵〉，勸人服食游仙，可觀聖道，可得身心解脫。

漢魏時〈折楊柳曲〉起源甚久，《莊子・天地篇》：「折楊皇荂，則嗑然而笑。」《詩經・采薇》詠行役，有「楊柳依依」的詩句，故漢人折楊柳以贈行人，含有挽留之意，後世遂爲民俗。東漢末葉，有借〈楊柳曲〉而詠史以勸善，或歌游仙以曠放，同爲〈折楊柳行〉，但所吟的主題卻不相同。

(二)晉南北朝〈楊柳曲〉的主題：

晉宋以來，漢魏舊曲多已泯滅，從三世紀到六世紀，以〈清商曲〉和〈鼓角橫吹曲〉爲主。〈清商曲〉已非漢代的舊曲，爲長江流域的民歌，包括〈吳歌〉、〈西曲〉和〈神弦曲〉❾；

---

❾見《樂府詩集》卷四十四至卷四十九。

〈鼓角橫吹曲〉則爲北國胡歌，爲梁朝樂工所採譯，今存六十六首，稱爲梁〈鼓角橫吹曲〉⑩。晉南北朝間的〈楊柳曲〉，便出於北歌。《樂府詩集》對〈折楊柳〉的解題云：

> 唐書樂志曰：「梁樂府有胡吹歌云：『上馬不提鞭，反拗楊柳枝。下馬吹橫笛，愁殺行客兒。』此歌辭元出北國，卽鼓角橫吹曲折楊柳枝是也。」宋書五行志曰：「晉太康末，京洛為折楊柳之歌，其曲有兵革苦辛之辭。」按：古樂府又有小折楊柳，相和大曲有折楊柳行。清商四曲有月節折楊柳歌十三曲，與此不同⑪。

郭茂倩對晉南北朝間〈楊柳曲〉的流傳和現存的歌辭，做概略性的說明。西晉太康末年，在京洛一帶流傳的〈折楊柳〉民歌，今已失傳，在南北朝時，〈折楊柳〉約可分成兩支：北朝流行的〈折楊柳〉，爲五言四句的小詩，都是無名氏的北歌。南朝流行的〈折楊柳〉，有無名氏五言六句的小詩，〈月節折楊柳歌〉十三首，以及文人仿製的〈折楊柳〉八首。至於古樂府的〈小折楊柳〉和〈相和〉大曲的〈折楊柳行〉，今已失傳。

北朝的〈折楊柳歌辭〉，今存九首，爲梁代樂工所收集的〈鼓角橫吹曲〉，其歌辭如下：

---

⑩見《樂府詩集》卷二十五。

⑪見《樂府詩集》卷二十二。

折楊柳歌辭　　佚名

上馬不捉鞭，反折楊柳枝。蹀座吹長笛，愁殺行客兒。
腹中愁不樂，願作郎馬鞭。出入擐郎臂，蹀座郎膝邊。
放馬兩泉澤，忘不著連羈。擔鞍逐馬走，何得見馬騎。
遙看孟津河，楊柳鬱婆娑。我是虜家兒，不解漢兒歌。
健兒須快馬，快馬須健兒。跸跋黃塵下，然後別雄雌。

折楊柳枝歌　　佚名

上馬不捉鞭，反拗楊柳枝。下馬吹長笛，愁殺行客兒。
門前一株棗，歲歲不知老。阿婆不嫁女，那得孫兒抱。
敕敕何力力，女子臨窗織。不聞機杼聲，只聞女歎息。
問女何所思，問女何所憶。阿婆許嫁女，今年無消息。

元・左克明《古樂府》所收錄的〈折楊柳歌〉五首[12]，詩句與《樂府詩集》相同。這九首北

[12] 見《古樂府》卷三。

歌，歌題的由來，是因詩的首聯「上馬不捉鞭，反折楊柳枝」的開端套語而得名。在民歌中，常將所見的事物編成韻語，作爲開端套語，如「日出東南隅」、「月兒彎彎照九州」、「野火燒野田，野鴨飛上天」等，與下面詩歌的主題，沒有直接的關係，只是借此套語，做爲無端的起興罷了。這九首北歌，當時是用胡語來傳唱，其中尙留有「我是虜家兒，不解漢兒歌」的字句，歌辭雖淺俗，卻有民歌率直的拙趣。

九首北歌的主題：一、六兩首爲客旅思鄉的歌；三、四、五三首是牧歌，反映北地青年男子的尙武精神，騎術高妙，不用馬鞍，身手矯健，順手折楊柳枝當馬鞭，在草原上縱馬，與同儕比個高下；七、八、九三首爲女子促嫁的歌，流露北國女子率眞的性格，極富詩趣。

南朝的〈折楊柳歌〉，有聯章的〈月節折楊柳歌〉⓭，從正月唱到十二月，再加上閏月歌，共十三首，與當時傳唱四季的〈子夜四時歌〉，同爲組詩的結構。今抄錄原詩如下：

月節折楊柳歌

正月歌

春風尚蕭條，去故來入新，苦心非一朝。折楊柳，愁思滿腹中，歷亂不可數。

⓭收錄在《樂府詩集》卷四十九，〈清商曲辭·西曲歌〉中。

二月歌

翩翩烏入鄉，道逢雙燕飛，勞君看三陽。折楊柳，寄言語儂歡，尋還不復久。

三月歌

泛舟臨曲池，仰頭看春花，杜鵑緯林啼。折楊柳，雙下俱徘徊，我與歡共取。

四月歌

芙蓉始懷蓮，何處覓同心，俱生世尊前。折楊柳，捻香散名花，志得長相取。

五月歌

菰生四五尺，素身為誰珍，盛年將可惜。折楊柳，作得九子粽，思想勞歡手。

六月歌

三伏熱如火，籠窗開北牖，與郎對榻坐。折楊柳，銅塸貯蜜漿，不用水洗溴。

七月歌

織女遊河邊，牽牛顧自歎，一會復周年。折楊柳，攬結長命草，同心不相負。

八月歌

迎歡裁衣裳，日月流如水，白露凝庭霜。折楊柳，衣聞擣衣聲，窈窕誰家婦。

九月歌

甘菊吐黃花，非無杯觴用，當奈許寒何。折楊柳，授歡羅衣裳，含笑言不取。

十月歌

大樹轉蕭索，天陰不作用，嚴霜半夜落。折楊柳，林中與松柏，歲寒不相負。

十一月歌

素雪任風流，樹木轉枯悴，松柏無所憂。折楊柳，寒衣履薄冰，歡詎知儂否。

十二月歌

天寒歲欲暮，春秋及冬夏，苦心停欲度。折楊柳　沈亂枕席間，纏綿不覺久。

閏月歌

成閏暑與寒，春秋補小月，念子無時閑。折楊柳，陰陽推我去，那得有定主。

十三首月節歌，依月令組合而成，外加閏月，設想週到。主題在借十二個月的節候和景色，引來相思、相聚和纏綿，是南朝民歌中典型的情歌。詩中受〈吳歌〉的影響，至爲顯著，是流傳於長江中游一帶〈西曲〉娘所唱的小曲。

詩中大量使用吳歌格，即諧音雙關語，便是來自於〈子夜歌〉、〈懊儂曲〉的諧讔。如：「芙蓉」諧「夫容」，「蓮」諧憐愛的「憐」，以草木的「同心」諧男女的「同心」，以菰的「素身」諧女子的「素身」，以粽子的「九子」諧生育的「九子」等，以達詩歌弦外之音的情趣。

月節歌的結構，受當時樂曲的約束，即一組曲唱十三組詞，因此每首的句法和用韻相同。前三句爲景語，唱出當時月令的景色，後三句爲情語，以「折楊柳」三字作轉摺，引來所抒寫的情意。一三六句的末字爲韻脚。且「折楊柳」三字，便是詩中的套語，與詩中的情意並無直接的關係，是因套語而得名的樂府詩。

由於北歌有五言四句的〈折楊柳〉，〈西曲〉有五言六句的〈月節折楊柳〉，因此南朝的詩人，也加以摹仿，而有文人樂府的〈折楊柳〉，所不同的是：在形式上，由五言四句或六句衍爲五言八句的小詩，詩句中也不以「折楊柳」爲套語，而是將「楊柳」寫入詩句中，且楊柳的含義不盡相同，擴大了楊柳在詩中象徵的意義。今將南朝文人樂府的〈折楊柳〉抄錄如下：

折楊柳　梁元帝

巫山巫峽長，垂柳復垂楊。同心且同折，故人懷故鄉。山似蓮花豔，流如明月光。寒夜猿聲徹，遊子淚霑裳。

同前　梁簡文帝

楊柳亂成絲，攀折上春時。葉密鳥飛礙，風輕花落遲。城高短簫發，林空畫角悲。曲中無別意，併是爲相思。

同前　劉邈

高樓十載別，楊柳濯絲枝。摘葉驚開駃，攀條恨久離。年年阻音息，月月減容儀。春來誰不望，相思君自知。

同前二首　陳後主

楊柳動春情，倡園妾屢驚。入樓含粉色，依風雜管聲。武昌識新種，官渡有殘生。還將出塞曲，乃共胡笳聲。

長條黃復綠，垂絲密且繁。花落幽人逕，步隱將軍屯。谷暗宵鉦響，風高夜笛喧。聊持暫攀折，空足憶中園。

同前　岑之敬

將軍始見知，細柳繞營垂。懸絲拂城轉，飛絮上宮吹。塞門交度葉，谷口暗橫枝。曲成攀折處，唯言怨別離。

同前　徐陵

嫋嫋河堤樹，依依魏主營。江陵有舊曲，洛下作新聲。妾對長楊苑，君登高柳城。春還應共見，蕩子太無情。

同前　張正見

楊柳半垂空，裊裊上春中。枝疏董澤箭，葉碎楚臣弓。色映長河水，花飛高樹風。莫言限宮掖，不閉長楊宮。

同前　王瑳

塞外無春色，上林柳已黃。枝影侵宮暗，葉彩亂星光。陌頭藏戲鳥，樓上掩新妝。攀折思為贈，心期別路長。

同前　江總

萬里音塵絕，千條楊柳結。不悟倡園花，遙同天嶺雪。春心自浩蕩，春樹聊攀折。共此依依情，無奈年年別。

南朝文人所寫的十首〈折楊柳〉[14]，主題都是輕豔的宮體詩，寫倡園、將軍府或宮掖中的女

[14] 見《樂府詩集》卷二十二。

子，口述其與情人或出征丈夫的相思或別情，其中有閨中少婦的春思，柳營軍旅的別歌，兵革辛苦之辭。與北朝歌健兒、愁客、女子促嫁的主題不同，也與〈月節折楊柳歌〉的民間情歌異趣。

南朝文人樂府，措詞多飾，加以當時的文藝思潮正盛行巧構形似之言，於是詩中多對稱句，用辭綺靡，如：「山似蓮花豔，流如明月光。」「葉密鳥飛礙，風輕花落遲。」「妾對長楊苑，君登高柳城。」都是能曲寫其狀的佳句，構成了宮體文學、金粉文學的特色。同時，在樂曲上也有改變，徐陵詩中云：「江陵有舊曲，洛下作新聲。」因此，南朝文人所寫的〈折楊柳〉是新曲，與北歌的〈折楊柳〉、南朝民歌的〈月節折楊柳歌〉，曲調也不同。可惜古代的樂曲均已失傳，從曲辭可以看出，由北歌的四句、〈月節〉的六句舊曲，演變爲文人所寫的八句新聲。而「楊柳」的含義，也由楊柳樹，引申爲是春天，是別情，是倡園女子，是柳（軍）營景色，是邊塞風情，使楊柳曲的意義愈來愈擴大。

此外，有關楊柳曲的本事詩兩首，一是南朝的〈楊叛兒〉，一是北朝的〈楊白花〉。

〈楊叛兒〉，本作〈楊婆兒〉，一作〈楊伴兒〉。《舊唐書・音樂志》：「〈楊伴兒〉，本童謠歌也。齊隆昌時，女巫之子曰楊旻，少時，隨母入內，及長，爲何后寵。童謠云：『楊婆兒，共戲來所歡。』語訛，遂成楊伴兒。」⑮《古今樂錄》：「〈楊叛兒〉，送聲云：『叛兒敎

⑮見《舊唐書・音樂志》二。

儂不復相思。』」[16]又云：「〈楊叛兒〉歌，南齊有楊旻母爲師，入宮，童謠呼爲楊婆兒。『婆』轉爲『叛』。」[17]

〈楊叛兒〉，南朝齊隆昌時（西元四九四—四九五年），由童謠演成的樂曲，題辭的由來，是因送聲而得名。其本事是隆昌間，有女巫楊氏入宮爲師，她的兒子楊旻隨母入宮，長大後，仍居宮中，與何后有戀情，後被殺。何后，爲齊武帝的皇后，名婧英。《南齊書・皇后傳》：「鬱林王何妃，名婧英，廬江灊人。……（永明）十一年爲皇太孫妃，鬱林王卽位，爲皇后。……后稟性淫亂，爲妃時，便與外人姦通，在後宮，復通帝左右楊珉之，與之同寢，處如伉儷，珉之又與帝相愛褻，故帝忞之。」[18]史書所記楊珉之，卽楊旻，他是女巫楊婆的兒子，故謠曰：「楊婆兒。」

今存〈楊叛兒〉八首，另梁武帝及隋後主仿作各一首。其中有「〈楊叛〉西隨曲，柳花經東陰」句，可知〈楊叛兒〉爲西隨一帶的民歌。西隨，南齊時，屬東隨安左郡中的一縣，鬱林王曾居此[19]。卽今湖北省舊德安府境內。〈楊叛兒〉本是荊楚的民歌，發生於宋，後五行家取此民歌

---

[16] 見《樂府詩集》卷四十九引《古今樂錄》。

[17] 見《初學記》十五，太平御覽五七一引《古今樂錄》。

[18] 《南史・后妃傳》上亦記載此事。

[19] 《南齊書・州郡志》云：「東隨安左郡：西隨、高城、牢山。」

附會楊旻與何后的事，視爲讖兆。其後，〈楊叛兒〉也流行於建業，因此歌詞中，提到建業附近的地名，如「暫出白門前，楊柳可藏烏」，「聞歡遠行去，送歡至新亭」。白門、新亭，都是建業附近的地名⑳。

由於〈楊叛兒〉詩中有「暫出白門前，楊柳可藏烏。歡作沈水香，儂作博山鑪」；「〈楊叛〉西隨曲，柳花經東陰。風流隨遠近，飄揚悶儂心」等詩句，與楊旻的宮闈秘事牽合，使楊柳更含有神秘、浪漫的色彩。

其次，〈楊白花〉的本事，也是與宮闈秘事有關，也是報導一段不正常的戀情。楊白華，魏名將楊大眼的兒子，年少有勇，且形貌魁梧，魏胡太后逼他私通。楊白華怕惹禍上身，率領部屬投奔梁朝，改名爲華。胡太后思念不已，作〈楊白華〉歌辭，使宮女日夜傳唱㉑。今題作〈楊白花〉，是諧讔所歡愛者的姓名。

楊白花

陽春二三月，楊柳齊作花。春風一夜入閨闥，楊花飄蕩落南家。含情出戶脚無力，拾得楊花淚沾臆。秋去春還雙燕子，願銜楊花入窠裏。

⑳《六朝事迹編類・城闕門》第三有白下門，〈樓臺門〉第四有新亭。
㉑見《梁書・楊華傳》。

〈楊白花〉是一首戀歌，以女子的口吻自白，道出對所愛者的懷念。詩中的楊花，象徵所思念的男子，詩的情節，可與楊白華和胡太后的畸戀吻合。因此，楊花、楊白花，便含有私情的意義。

㈢隋唐〈楊柳曲〉的主題：

隋唐時，繼六朝開發江南，江南多楊柳，因此〈楊柳曲〉傳唱不絕。隋唐時代的〈楊柳曲〉大別爲二類：一是繼承前朝的舊曲〈折楊柳〉，一是中唐時蘇州民歌〈楊柳枝〉流行，而有白居易、劉禹錫等文人仿作的〈楊柳枝〉。其他尚有詠史的〈隋堤柳〉、敦煌的〈柳青娘〉和〈楊柳枝〉等民歌㉒。由於其間的作品繁富，僅列舉代表性的作品爲例。

隋唐繼承前朝舊曲所傳唱的〈折楊柳〉，今存十五首，全部爲文人樂府，依然沿南朝宮體詩的內容，寫五言八句的小詩，其中亦有七絕、七律的〈折楊柳〉各一首。例如：

折楊柳　　唐・盧照鄰

倡樓啓曙扉，園柳正依依。鳥鳴知歲隔，條變識春歸。露葉疑啼臉，風花亂舞衣。攀折聊

㉒見任二北輯《敦煌曲校錄》。

將寄，軍中書信稀。

同前　韋承慶

萬里邊城地，三春楊柳節。葉似鏡中眉，花如關外雪。征人遠鄉思，倡婦高樓別。不忍擲年華，含情寄攀折。

同前　李白

垂楊拂綠水，搖豔東風年。花明玉關雪，葉暖金窗煙。美人結長恨，相對心悽然。攀條折春色，遠寄龍庭前。

同前　喬知之

可憐濯濯春楊柳，攀折將來就纖手。妾容與此同盛衰，何必君恩獨能久。

同前　翁綬

紫陌金堤映綺羅，遊人處處動離歌。陰移古戍迷荒草，花帶殘陽落遠波。臺上少年吹白雪，樓中思婦斂青蛾。殷勤攀折贈行客，此去關山雨雪多。

隋唐文人筆下的〈折楊柳〉，其主題不出南朝宮體詩的範圍，大半爲倡樓女子送征人遠戍的別歌，是「兵革苦辛之辭」。然比南朝詩人所寫的更細膩、更生動，把倡樓或閨閣女子思人的心理刻畫入微，把柳葉比眉，楊葉比眼，在離別的淚水中，寫下「露葉疑啼臉」、「葉似鏡中眉」的句子。於是楊柳的意象，不僅象徵女子送別之情，也以楊柳象徵女子，「妾容與此同盛衰」，甚至擴大至楊眼柳眉局部象徵的描寫。

在中唐時期，長江流域一帶的民歌，被詩人所重視的，是流行蘇州一帶的〈楊柳枝〉和巴、渝之間的〈竹枝詞〉。由於白居易和劉禹錫對民歌極爲愛好，認爲民間所唱的歌詞，過於俚俗，於是改寫新詞而翻唱〈楊柳枝〉和〈竹枝詞〉，但仍不失民間情歌的本色。後來他們調回長安、洛陽，還把這些民歌在京洛一帶傳唱，成爲佳話[23]。晚唐薛能於乾符五年（西元八七八年）爲許州刺史，令部妓少女作〈楊柳枝健舞〉，並說：「〈楊柳枝〉者，古題所謂〈折楊柳〉也。」[24]中唐時的〈楊柳枝〉，雖是新聲，但它的母題，仍來自於前朝的〈折楊柳〉。今將白居易和劉禹錫所作的〈楊柳枝〉抄錄如下：

[23]見唐・孟棨《本事詩・事感》第二。
[24]見《樂府詩集》卷八十一，〈楊柳枝〉題解。

楊柳枝　白居易

一樹春風萬萬枝，嫩於金色軟於絲。永豐西角荒園裏，盡日無人屬阿誰。
一樹衰殘委泥土，雙枝榮耀植天庭。定知玄象今春後，柳宿光中添兩星。
六么水調家家唱，白雪梅花處處吹。古歌舊曲君休聽，聽取新翻楊柳枝。
陶令門前四五樹，亞夫營裏百千條。何似東都正二月，黃金枝映洛陽橋。
依依嫋嫋復青青，勾引清風無限情。白雪花繁空撲地，綠絲條弱不勝鶯。
紅板江橋青酒旗，館娃宮暖日斜時。可憐雨歇東風定，萬樹千條各自垂。
蘇州楊柳任君誇，更有錢塘勝館娃。若解多情尋小小，綠楊深處是蘇家。
蘇家小女舊知名，楊柳風前別有情。剝條盤作銀環樣，卷葉吹為玉笛聲。
葉含濃露如啼眼，枝嫋輕風似舞腰。小樹不禁攀折苦，乞君留取兩三條。
人言柳葉似愁眉，更有愁腸似柳絲。柳絲挽斷腸牽斷，彼此應無續得期。

同前　劉禹錫

塞北梅花羌笛吹，淮南桂樹小山詞。請君莫奏前朝曲，聽唱新翻楊柳枝。
南陌東城春早時，相逢何處不依依。桃紅李白皆誇好，須得垂楊相發輝。
鳳闕輕遮翡翠帷，龍墀遙望麴塵絲。御溝春水柳暉映，狂殺長安年少兒。

谷金園中鶯亂飛，銅駝陌上好風吹。城東桃李須臾盡，爭似垂楊無限時。
花萼樓前初種時，美人樓上鬬腰支。如今拋擲長街裏，露葉如啼欲恨誰。
煬帝行宮汴水濱，數株殘柳不勝春。昨來風起花如雪，飛入宮牆不見人。
御陌青門拂地垂，千條金縷萬條絲。如今綰作同心結，將贈行人知不知。
城外春風滿酒旗，行人揮袂日西時。長安陌上無窮處，唯有垂楊管別離。
輕盈嫋娜占春華，舞榭妝樓處處遮。春盡絮飛留不得，隨風好去落誰家。
揚子江頭烟景迷，隋家宮樹拂金堤。嗟峨猶有當時色，半蘸波中水鳥棲。
迎得春光先到來，淺黃輕綠映樓臺。只緣嫋娜多情思，便被春風長請挼。
巫峽巫山楊柳多，朝雲暮雨遠相和。因想陽臺無限事，為君迴唱竹枝歌。

唐敬宗寶曆元年（西元八二五年），白居易五十四歲出任蘇州刺史。蘇州郡治在吳，位於太湖之東，即今江蘇省吳縣。蘇州是江南人文薈萃的地方，有亭園之勝，加以蘇州女子佳麗，吳娃儂語，歌臺舞榭，歌謠鼎盛，每到春來，柳條絲絲，到處傳唱〈楊柳枝〉民歌，別有風情。唐人范攄的《雲溪友議》載云：白居易家有歌伎，樊素善歌，小蠻善舞，白氏居吳中時，曾爲家伎撰寫〈楊柳枝〉新詞，故有「櫻桃樊素口，楊柳小蠻腰」句[25]。白居易早年與元稹友好，常以詩和

[25] 見廣文書局所編《古今詩話叢編》，輯錄《雲溪友議》，不分卷。

唱，時人稱爲元白；元稹逝世後，白居易與劉禹錫以詩交往，時人稱爲劉白，且兩人均熱愛民歌，劉禹錫亦曾任江南刺史，故亦有〈楊柳枝〉辭。兩人不僅有〈楊柳枝〉之作，他們也到過忠州、巴、渝間，而仿巴、渝民歌作〈竹枝詞〉，在蜀看人淘沙洗金唱〈浪淘沙〉，而仿作〈浪淘沙〉。他們熱愛鄉土，喜愛民間詩樂，吸取民歌的精華，開拓鮮明活潑的詩境。

劉、白〈楊柳枝〉的主題，除了描寫江南楊柳的美景，並强調〈楊柳枝〉的歌聲，可與當時盛行的〈綠腰〉、〈水調歌頭〉、〈白雪歌〉、〈梅花歌〉相媲美。唐人有養伎之風，歌伎所唱的詩歌，內容多近輕豔，且爲情歌，而〈楊柳枝〉本屬於歌場吳娃錢塘女所唱的小曲，劉、白改寫後的詩詞，仍是輕豔之詞，且多爲杯觥之間的小令，因此這類活潑愉快的情歌，極易在宴席歡娛場所流傳。

白居易晚年居洛陽，年事漸高，而小蠻方豐豔，因作〈楊柳詞〉以托意：「一樹春風萬萬枝，嫩於金色軟於絲。永豐坊裡東南角，盡日無人屬阿誰？」及宣帝朝，國樂唱這首詞，皇上因問道：「誰寫的歌詞？永豐坊在何處？」左右告訴皇上，因此東使派人取永豐坊的柳枝兩枝，植於禁中。白居易感皇上知其名，且好風雅，因此又撰一首，其末句云：「定知此後天文裏，柳宿光中添兩星。」[26]

[26]見唐・孟棨《本事詩・事感》第二及唐・范攄《雲溪友議》。

有一次，白居易向裴度借馬，裴度素聞白家有樊素善唱〈楊柳枝〉，便隨口吟了兩句詩：「君若有心求逸足，我還留意在名姝。」裴度希望他以歌伎來換馬匹，白居易那裏肯呢？因此以詩婉拒：「安石風流無奈何，欲將赤驥換青娥。不辭便送東山去，臨老何人與唱歌？」白居易不捨得把青娥去換驥馬，便說：如果不拒絕把愛姬送給老朋友，自己老了，又有誰會唱歌給他聽呢？而「青娥換馬」的故事，愈增〈楊柳枝〉的傳奇㉗。

柳條春色，錢塘蘇小小家，在酒旗下歡場中送別時所唱的〈楊柳枝〉，更添一份婀娜的情思，浪漫的色彩。所以中唐以後新翻的〈楊柳枝〉，是七言四句的絕句，但母題仍由〈折楊柳〉衍化而來，以離別為歌詞的主題。只是內容不限於宮庭、將軍府高門宅第的送別和邊情，而擴大至民間一般的酒家歌樓的情歌和別離歌。

其次，敦煌曲子詞中也有〈楊柳枝〉一首，今錄置原詩如下：

> 春去春來春復春，寒暑來頻。月生月盡月還新，又被老催人。只見庭前千歲月，長在長存。不見堂上百年人，盡總化為塵。伯二八〇九

㉗見宋・計有功《唐詩紀事》卷三十三，裴度條。

敦煌曲中的〈楊柳枝〉，主題在感歎人生易老，歲月易促的歌。敦煌的〈楊柳曲〉，已是長短句的曲子詞，與中原傳唱的〈折楊柳〉或〈楊柳枝〉，主題和形式均有差別。唐代瓜州、沙洲一帶邊境，〈楊柳曲〉也很流行，可惜敦煌曲中僅有〈楊柳枝〉一首，王之渙〈出塞詩〉云：「羌笛何須怨楊柳，春風不渡玉門關。」「楊柳」一詞，指楊柳樹，也指〈楊柳曲〉，語意雙關，具有邊塞的風情。

四　楊柳曲主題的轉變

自漢至唐，以楊柳爲題材所寫成的民間樂府或文人樂府，包括〈折楊柳〉、〈楊柳枝〉，或〈楊白花〉、〈柳青娘〉等，統稱爲〈楊柳曲〉，從這些樂府詩中，我們知道楊柳是中國各地常見的植物，也是詩人喜愛寫的生活性題材之一，他們將楊柳的意象，從楊柳樹擴大到情意的領域，使楊柳也變成有情的世界。由於詩人在不同的時代和環境中，對楊柳的象徵意義，暗示作用，也有所演變，而〈楊柳曲〉的主題，從古到今不斷地翻新，無形中豐富了〈楊柳曲〉的內容，也充實了人們的心靈。今從樂府的套語、和聲、母題、用意、意象等方面，來分析〈楊柳曲〉主題的轉變。

(一)從樂府的套語、和聲來看〈楊柳曲〉主題的轉變：

樂府是合樂的詩，也是音樂文學。民歌中套語及和送聲的使用，甚爲普遍，人民常從熟悉的事物中編成韻語，做爲歌謠中的套語，後人編造歌謠時，便將原句搬來運用，因此套語有開端、中段或結束套語的變化。和送聲的使用，是歌唱中，加入一些詞語，以增加節奏的强度，或造成和唱的效果。和聲用在詩歌的中間，而送聲用在詩歌結束時，以達唱和的熱鬧場面。

〈楊柳曲〉中套語與和聲的使用，如北歌中的〈折楊柳〉，是因開端套語「上馬不捉鞭，反折楊柳枝」而得名，又〈西曲〉中的〈月節折楊柳歌〉，以月份爲序做開端套語，每首歌詞第四句用「折楊柳」三字做中段套語，因此題名爲「月節折楊柳歌」。這些因套語而形成的〈折楊柳〉歌，與楊柳的象徵意義關連性不大，表現的主題不限於送別、邊情或愛情等內容，可以依生活性的感遇等主題來入篇。

其次，〈楊柳曲〉中和聲的使用，以〈楊柳枝〉爲主，〈楊柳枝〉是唐代蘇州一帶的民歌，由於白居易、劉禹錫的仿作翻新，也流行於京洛一帶，這些〈楊柳枝〉是因和聲而得名。但和聲加入的位置，缺乏文獻的記載，不得而知。從〈竹枝詞〉和聲的使用，或可窺其一二[28]。〈竹枝

---

[28]《全唐詩》卷八九一，皇甫松〈竹枝〉，一名〈巴渝辭〉，六首，詩中以「竹枝」「女兒」爲和聲。和聲所加位置爲：「檳榔花發竹枝鷓鴣啼女兒，雄飛煙瘴竹枝雌亦飛女兒。」

詞〉是以「竹枝」、「女兒子」爲和聲，加入的位置如下：

楊柳青青竹枝江水平女兒子，
聞郎岸上竹枝踏歌聲女兒子。
東邊日出竹枝西邊雨女兒子，
道是無晴竹枝卻有晴女兒子。

〈楊柳枝〉是用「楊柳枝」三字爲和聲，其主題是從南朝輕豔的宮詞〈折楊柳〉，轉變爲民間杯觥之間的豔情小調，是酒旗歌樓歌伎們所傳唱的情歌。〈楊柳枝〉、〈竹枝詞〉同是來自民間的俗曲，被詩人塡以新詞而流行的詩樂。

㈡從樂府的母題、用意來看〈楊柳曲〉主題的轉變：

在同一詩題或同一類的民歌中，其最早發生的那一首，便是母題，其後傳唱各地，歌詞往往會被修改，主題也會因時代或環境的不同而加以擴大。

中國最早有關楊柳的民歌，始於《詩經・采薇篇》，有「昔我往矣，楊柳依依」的句子，是征人自述離開家鄉的情景。漢人首先編造〈折楊柳〉的民歌，配合送別時折楊柳的民俗，因此

〈折楊柳〉的母題，主題在道述女子送征夫的別情。其後，〈折楊柳〉的主題，有轉變爲詠史詩和游仙詩的現象。

南北朝時的〈折楊柳〉，受民情和地理環境的影響，主題的表現差別很大，尤其北朝的〈折楊柳〉，主題脫離送別的範圍，轉變爲寫男子的尙武精神，寫女子的坦率促嫁。更由於北朝的〈折楊柳〉，做爲〈木蘭辭〉的開端套語，衍化出一首歌頌女英豪木蘭的民歌來。南朝則因巧構形似之言和宮體詩的流行，使〈折楊柳〉也變成了宮詞、玉臺體，由拙樸的民歌，轉變爲詩人筆下綺靡的文人樂府，用以寫愛情，寫相思，寫邊關的別情，也寫倡園的別歌等主題。誠如徐陵所說的：「江陵有舊曲，洛下作新聲。」

唐人的〈楊柳枝〉因緣南朝的〈折楊柳〉而來，而主題的轉化，已由征人的送別，演爲男女的情歌；由哀傷的離歌，轉爲活潑、鄉土的戀曲。無論在曲調上、歌詞上都已翻新，可與當時最流行的〈綠腰〉、〈水調〉、〈白雪〉、〈梅花〉等古歌舊曲相抗衡。故白居易稱頌〈楊柳枝〉爲：

六么水調家家唱，白雪梅花處處吹。古歌舊曲君休聽，聽取新翻楊柳枝。

劉禹錫也稱誇〈楊柳枝〉可與塞北的胡歌，江南的小曲相媲美，其詩云：

塞北梅花羌笛吹，淮南桂樹小山詞。請君莫奏前朝曲，聽唱新翻楊柳枝。

〈楊柳枝〉的母題是〈折楊柳〉，但詩的用意，已結合了民間樂府和文人樂府的特色，使民歌的拙樸俚俗與文人的綺靡繁縟相調和，開創出鮮明、活潑的新聲。

㈢從詩歌的意象來看〈楊柳曲〉主題的轉變：

詩歌的本質，在於抒寫情感和景物的眞，表達的方式重詩趣和聯想，從中國歷代的詩論中，便可窺見詩歌的奧秘。〈詩大序〉主張詩有六義：風、雅、頌，詩歌體裁的區分；賦、比、興，詩歌作法的分別。賦是鋪陳直敍，使用精美的語言，以達濃縮的效果；比是「比方於物」，興是「託事於物」，使用彎曲的語言，以達象徵和暗示的效果。其後繼承這項理論的，有晚唐司空圖的《二十四詩品》，主張「不著一字，盡得風流」㉙，講求絃外之音，味外之旨。南宋嚴羽的《滄浪詩話》，主張以禪喻詩，詩以吟詠性情爲主，重興趣，主妙悟，以達「言有盡而意無窮」的效果㉚。清代王士禎的《漁洋詩話》，主神韻；袁枚的《隨園詩話》、《帶經堂詩話》，重性

㉙見司空圖《二十四詩品・含蓄》條。
㉚見嚴羽《滄浪詩話・詩辨》。

靈，莫不主張寫詩要自然流麗，直據胸臆。近人王國維的《人間詞話》，憑直觀，倡境界說，認爲寫眞景物眞感情的，才是有境界[31]。他們認爲詩歌要具有絃外之音，意在言外的效果，關鍵在於詩趣和聯想。

今人論詩，喜用意象。所謂意象（image, imagery），依據卡洛林・斯白吉恩的釋義是：「詩人、散文家以文字描繪成的小幅圖畫，用以解說闡明他自己的想法，潤飾他的想法。作者的看法、設想、言有未盡之處，自有其整體的內涵，自有其深度與豐富的意義，意象就是一種描寫或一種意念，用以把上述的涵意傳達給讀者。而傳達的方式是利用某種事物，以明說方式、含蓄的比喻方式、或類推的方式，傳達給讀者；並通過由意象而引起的種種情緒和聯想，來傳達給讀者。」[32]其實，詩歌中意象的使用，不外是達到象徵或暗示的功能，與中國傳統詩論所說的「言有盡而意無窮」，目的是一致的。

有關〈楊柳曲〉中，楊柳所象徵或暗示的意義，也可以看出〈楊柳曲〉主題的轉變，含義的擴大。今引詩句如下：

[31]王國維《人間詞話》卷上：「境非獨謂景物也，喜怒哀樂，亦人心中之一境界。故能寫眞景物、眞感情者，謂之有境界；否則，謂之無境界。」

[32]見鍾玲〈先秦文學中楊柳的象徵意義〉一文中，對意象一詞說明所引文字。

「遙看孟津河，楊柳鬱婆娑。」梁．鼓角橫吹曲〈折楊柳歌辭〉

「巫山巫峽長，垂柳復垂楊。」梁元帝〈折楊柳〉

詩中的楊柳，是指楊樹和柳樹，或專指柳樹而言。又如：

「上馬不捉鞭，反折楊柳枝。」梁．鼓角橫吹曲〈折楊柳歌辭〉

「摘葉驚開駃，攀條恨久離。」梁．劉邈〈折楊柳〉

「楊柳多短枝，短枝多別離。」唐．孟郊〈折楊柳〉

「此夜曲中聞折柳，何人不起故園情。」李白〈春夜洛城聞笛〉

折楊柳作馬鞭，暗示分離，折柳送別，與離情有關，因此楊柳象徵別情，也暗示了思鄉。又如：

「將軍始見知，細柳繞營垂。」陳．岑之敬〈折楊柳〉

「萬里邊城地，三春楊柳節。」唐．韋承慶〈折楊柳〉

「羌笛何須怨楊柳，春風不渡玉門關。」唐．王昌齡〈出塞〉

楊柳象徵軍營，也暗示了邊情。又如：

「楊柳動春情，倡園妾屢驚。」陳後主〈折楊柳〉

「一樹春風萬萬枝，嫩於金色軟於絲。」唐・白居易〈楊柳枝〉

「城東桃李須臾盡，爭似垂楊無限時。」唐・劉禹錫〈楊柳枝〉

楊柳象徵春天，象徵蓬勃的生機。又如：

「萬里音塵絕，千條楊柳結。」陳・江總〈折楊柳〉

「可憐濯濯春楊柳，攀折將來就纖手。妾容與此同盛衰，何必君恩獨能久？」唐・喬知之〈折楊柳〉

「蘇州楊柳任君誇，更有錢塘勝館娃。」唐・白居易〈楊柳枝〉

楊柳象徵女子，歌妓，也暗示男女的愛情。甚至用柳條象徵女子的舞姿、腰身，用柳葉象徵女子的眼和眉，用柳絲象徵離情。如白居易〈楊柳枝〉：「葉含濃露如啼眼，枝嫋輕風似舞腰。小樹不禁攀折苦，乞君留取兩三條。」「人言柳葉似愁眉，更有愁腸似柳絲。柳絲挽斷腸牽斷，彼此應無續得期。」是寫楊柳，也是寫多情的女子，以達情景交融的境界。同樣楊柳也暗示男子，暗示風流，南齊武帝在太昌靈和殿前植柳，玩賞之餘，把柳比作風流倜儻的文士張緒：「此楊柳風流可愛，似張緒當時。」[33]又如北魏胡太后思念楊白華，而歌〈楊白花〉，從這些〈楊柳曲〉中，可知楊柳多情，從送別的主題，轉爲北歌中的套語，可由詩人借歌謠的套語作爲感興的歌，再轉變爲南朝的宮詞，再轉爲唐人男女的情歌，使〈楊柳曲〉豐富了它的內容，也擴大了它的詩境。

五　結論

楊柳易栽，青青可愛，只要截取其中一段枝條，不管是順插、倒插、橫插，都能生長[34]。因此中國各地，隨處都有楊柳，而〈楊柳曲〉，也跟易生的楊柳一樣，傳唱四方。試觀〈楊柳曲〉主題的演變，從《詩經·小雅·采薇》將楊柳寫入詩中，「楊柳依依」便含有征夫的別情。漢人霸橋折楊柳送別，於是〈折楊柳〉便成爲出征的離歌。其後，「折楊柳」成爲歌謠中的套語，漢人用以歌詠史，歌游仙等主題。魏晉南北朝時代，北朝的〈折楊柳〉歌，依然以「折楊柳」爲套

---

[33] 見《太平御覽》卷九五七，〈木部〉六，〈楊柳〉。

[34] 見《抱朴子·極言篇》：「夫木槿、楊柳，斷殖之，更生。倒之，亦生；橫之，亦生。生之易者，莫過斯木也。」

語來引發詩歌的主題，吟詠邊塞或草原上的風光，男子尚武精神，客旅思鄉的歌，男女情歌；南朝的〈折楊柳〉，卻是文人樂府，主題轉變爲輕豔的宮詞，寫宮庭將軍府的離歌，倡園的春怨，男女的情歌，於是楊眼柳眉成爲美女的象徵，楊柳爲青樓歌妓的代稱。更有〈楊叛兒〉、〈楊白花〉歌詠宮闈神秘浪漫的史事，楊柳變成畸情的象徵。

唐人開展的〈楊柳枝〉，是江南的情歌，但也繼承〈折楊柳〉舊曲所歌唱的主題，因此唐人的〈楊柳曲〉內容極爲豐富，代表邊塞風情的，有「羌笛何須怨楊柳，春風不渡玉門關」；代表離情別歌的，有「渭城朝雨浥輕塵，客舍青青柳色新」；代表男女情歌的，有「楊柳青青江水平，聞郎岸山踏歌聲」；代表洛下新聲的〈楊柳枝〉，歌妓傳唱的小調，有「若解多情尋小小，綠楊深處是蘇家」。

這些有關楊柳的樂府詩，因時代環境的變遷，文風思潮的轉變，一再擴大了楊柳曲的主題，使無情的楊柳，變成有情的世界。

——民國七十五年十二月第二屆國際漢學會議

滄海叢刊書目

國學類

中國學術思想史論叢(一)～(八)	錢　穆　著
現代中國學術論衡	錢　穆　著
兩漢經學今古文平議	錢　穆　著
宋代理學三書隨劄	錢　穆　著
先秦諸子繫年	錢　穆　著
朱子學提綱	錢　穆　著
莊子纂箋	錢　穆　著
論語新解	錢　穆　著

哲學類

文化哲學講錄(一)～(五)	鄔昆如　著
哲學十大問題	鄔昆如　著
哲學的智慧與歷史的聰明	何秀煌　著
文化、哲學與方法	何秀煌　著
哲學與思想	王曉波　著
內心悅樂之源泉	吳經熊　著
知識、理性與生命	孫寶琛　著
語言哲學	劉福增　著
哲學演講錄	吳　怡　著
後設倫理學之基本問題	黃慧英　著
日本近代哲學思想史	江日新　譯
比較哲學與文化(一)(二)	吳　森　著
從西方哲學到禪佛教——哲學與宗教一集	傅偉勳　著
批判的繼承與創造的發展——哲學與宗教二集	傅偉勳　著
「文化中國」與中國文化——哲學與宗教三集	傅偉勳　著
從創造的詮釋學到大乘佛學——哲學與宗教四集	傅偉勳　著
中國哲學與懷德海	東海大學哲學研究所主編
人生十論	錢　穆　著
湖上閒思錄	錢　穆　著
晚學盲言(上)(下)	錢　穆　著
愛的哲學	蘇昌美　著
是與非	張身華　譯
邁向未來的哲學思考	項退結　著

現代藝術哲學	孫　旗　譯
現代美學及其他	趙天儀　著
中國現代化的哲學省思	成中英　著
不以規矩不能成方圓	劉君燦　著
恕道與大同	張起鈞　著
現代存在思想家	項退結　著
中國思想通俗講話	錢　穆　著
中國哲學史話	吳怡、張起鈞　著
中國百位哲學家	黎建球　著
中國人的路	項退結　著
中國哲學之路	項退結　著
中國人性論	臺大哲學系主編
中國管理哲學	曾仕強　著
孔子學說探微	林義正　著
心學的現代詮釋	姜允明　著
中庸誠的哲學	吳　怡　著
中庸形上思想	高柏園　著
儒學的常與變	蔡仁厚　著
智慧的老子	張起鈞　著
老子的哲學	王邦雄　著
逍遙的莊子	吳　怡　著
莊子新注（內篇）	陳冠學　著
莊子的生命哲學	葉海煙　著
墨家的哲學方法	鐘友聯　著
韓非子析論	謝雲飛　著
韓非子的哲學	王邦雄　著
法家哲學	姚蒸民　著
中國法家哲學	王讚源　著
二程學管見	張永儁　著
王陽明——中國十六世紀的唯心主義哲學家	張君勱原著、江日新中譯
王船山人性史哲學之研究	林安梧　著
西洋百位哲學家	鄔昆如　著
西洋哲學十二講	鄔昆如　著
希臘哲學趣談	鄔昆如　著
近代哲學趣談	鄔昆如　著
現代哲學述評㈠	傅佩榮編譯

當代西方哲學與方法論　臺大哲學系主編
人性尊嚴的存在背景　項退結編著
理解的命運　殷鼎著
馬克斯・謝勒三論　阿弗德・休慈原著、江日新譯
懷海德哲學　楊士毅著
洛克悟性哲學　蔡信安著
伽利略・波柏・科學說明　林正弘著

宗教類

天人之際　李杏邨著
佛學研究　周中一著
佛學思想新論　楊惠南著
現代佛學原理　鄭金德著
絕對與圓融——佛教思想論集　霍韜晦著
佛學研究指南　關世謙譯
當代學人談佛教　楊惠南編著
從傳統到現代——佛教倫理與現代社會　傅偉勳主編
簡明佛學概論　于凌波著
圓滿生命的實現（布施波羅密）　陳柏達著
薝蔔林・外集　陳慧劍著
維摩詰經今譯　陳慧劍譯註
龍樹與中觀哲學　楊惠南著
公案禪語　吳怡著
禪學講話　芝峯法師譯
禪骨詩心集　巴壺天著
中國禪宗史　關世謙著
魏晉南北朝時期的道教　湯一介著

社會科學類

憲法論叢　鄭彥棻著
憲法論衡　荆知仁著
國家論　薩孟武譯
中國歷代政治得失　錢穆著
先秦政治思想史　梁啟超原著、賈馥茗標點
當代中國與民主　周陽山著
釣魚政治學　鄭赤琰著
政治與文化　吳俊才著
中國現代軍事史　劉馥著、梅寅生譯
世界局勢與中國文化　錢穆著

中華文化十二講　錢　穆　著
民族與文化　錢　穆　著
楚文化研究　文崇一　著
中國古文化　文崇一　著
社會、文化和知識分子　葉啟政　著
儒學傳統與文化創新　黃俊傑　著
歷史轉捩點上的反思　韋政通　著
中國人的價值觀　文崇一　著
紅樓夢與中國舊家庭　薩孟武　著
社會學與中國研究　蔡文輝　著
比較社會學　蔡文輝　著
我國社會的變遷與發展　朱岑樓主編
三十年來我國人文社會科學之回顧與展望　賴澤涵　編
社會學的滋味　蕭新煌　著
臺灣的社區權力結構　文崇一　著
臺灣居民的休閒生活　文崇一　著
臺灣的工業化與社會變遷　文崇一　著
臺灣社會的變遷與秩序(政治篇)(社會文化篇)　文崇一　著
臺灣的社會發展　席汝楫　著
透視大陸　政治大學新聞研究所主編
海峽兩岸社會之比較　蔡文輝　著
印度文化十八篇　糜文開　著
美國的公民教育　陳光輝　譯
美國社會與美國華僑　蔡文輝　著
文化與教育　錢　穆　著
開放社會的教育　葉學志　著
經營力的時代　青野豐作著、白龍芽　譯
大眾傳播的挑戰　石永貴　著
傳播研究補白　彭家發　著
「時代」的經驗　汪琪、彭家發　著
書法心理學　高尚仁　著

史地類

古史地理論叢　錢　穆　著
歷史與文化論叢　錢　穆　著
中國史學發微　錢　穆　著
中國歷史研究法　錢　穆　著
中國歷史精神　錢　穆　著

國史新論	錢　　穆　著
秦漢史	錢　　穆　著
秦漢史論稿	邢義田　著
與西方史家論中國史學	杜維運　著
中西古代史學比較	杜維運　著
中國人的故事	夏雨人　著
明朝酒文化	王春瑜　著
共產國際與中國革命	郭恒鈺　著
抗日戰史論集	劉鳳翰　著
盧溝橋事變	李雲漢　著
老臺灣	陳冠學　著
臺灣史與臺灣人	王曉波　著
變調的馬賽曲	蔡百銓　譯
黃帝	錢　　穆　著
孔子傳	錢　　穆　著
唐玄奘三藏傳史彙編	釋光中　編
一顆永不殞落的巨星	釋光中　著
當代佛門人物	陳慧劍編著
弘一大師傳	陳慧劍　著
杜魚庵學佛荒史	陳慧劍　著
蘇曼殊大師新傳	劉心皇　著
近代中國人物漫譚・續集	王覺源　著
魯迅這個人	劉心皇　著
三十年代作家論・續集	姜　　穆　著
沈從文傳	凌　　宇　著
當代臺灣作家論	何　　欣　著
師友風義	鄭彥棻　著
見賢集	鄭彥棻　著
懷聖集	鄭彥棻　著
我是依然苦鬥人	毛振翔　著
八十憶雙親、師友雜憶（合刊）	錢　　穆　著
新亞遺鐸	錢　　穆　著
困勉強狷八十年	陶百川　著
我的創造・倡建與服務	陳立夫　著
我生之旅	方　　治　著

語文類

中國文字學	潘重規　著

中國聲韻學	潘重規、陳紹棠　著
訓詁通論	吳孟復　著
翻譯新語	黃文範　著
詩經研讀指導	裴普賢　著
陶淵明評論	李辰冬　著
鍾嶸詩歌美學	羅立乾　著
杜甫作品繫年	李辰冬　著
杜詩品評	楊慧傑　著
詩中的李白	楊慧傑　著
司空圖新論	王潤華　著
詩情與幽境——唐代文人的園林生活	侯迺慧　著
唐宋詩詞選——詩選之部	巴壺天　編
唐宋詩詞選——詞選之部	巴壺天　編
四說論叢	羅　盤　著
紅樓夢與中華文化	周汝昌　著
中國文學論叢	錢　穆　著
品詩吟詩	邱燮友　著
談詩錄	方祖燊　著
情趣詩話	楊光治　著
歌鼓湘靈——楚詩詞藝術欣賞	李元洛　著
中國文學鑑賞舉隅	黃慶萱、許家鶯　著
中國文學縱橫論	黃維樑　著
蘇忍尼辛選集	劉安雲　譯
1984	GEORGE ORWELL原著、劉紹銘　譯
文學原理	趙滋蕃　著
文學欣賞的靈魂	劉述先　著
小說創作論	羅　盤　著
借鏡與類比	何冠驥　著
鏡花水月	陳國球　著
文學因緣	鄭樹森　著
中西文學關係研究	王潤華　著
從比較神話到文學	古添洪、陳慧樺主編
神話即文學	陳炳良等譯
現代散文新風貌	楊昌年　著
現代散文欣賞	鄭明娳　著
世界短篇文學名著欣賞	蕭傳文　著
細讀現代小說	張素貞　著

現代詩學　蕭　蕭　著
詩美學　李元洛　著
詩學析論　張春榮　著
橫看成嶺側成峯　文曉村　著
大陸文藝論衡　周玉山　著
大陸當代文學掃瞄　葉穉英　著
走出傷痕——大陸新時期小說探論　張子樟　著
兒童文學　葉詠琍　著
兒童成長與文學　葉詠琍　著
增訂江皋集　吳俊升　著
野草詞總集　韋瀚章　著
李韶歌詞集　李　韶　著
石頭的研究　戴　天　著
留不住的航渡　葉維廉　著
三十年詩　葉維廉　著
讀書與生活　琦　君　著
城市筆記　也　斯　著
歐羅巴的蘆笛　葉維廉　著
一個中國的海　葉維廉　著
尋索：藝術與人生　葉維廉　著
山外有山　李英豪　著
葫蘆・再見　鄭明娳　著
一縷新綠　柴　扉　著
吳煦斌小說集　吳煦斌　著
日本歷史之旅　李希聖　著
鼓瑟集　幼　柏　著
耕心散文集　耕　心　著
女兵自傳　謝冰瑩　著
抗戰日記　謝冰瑩　著
給青年朋友的信(上)(下)　謝冰瑩　著
冰瑩書柬　謝冰瑩　著
我在日本　謝冰瑩　著
人生小語(一)～(四)　何秀煌　著
記憶裏有一個小窗　何秀煌　著
文學之旅　蕭傳文　著
文學邊緣　周玉山　著
種子落地　葉海煙　著

向未來交卷	葉海煙 著
不拿耳朵當眼睛	王讚源 著
古厝懷思	張文貫 著
關心茶——中國哲學的心	吳　怡 著
放眼天下	陳新雄 著
生活健康	卜鍾元 著
美術類	
樂圃長春	黃友棣 著
樂苑春回	黃友棣 著
樂風泱泱	黃友棣 著
談音論樂	林聲翕 著
戲劇編寫法	方　寸 著
戲劇藝術之發展及其原理	趙如琳譯著
與當代藝術家的對話	葉維廉 著
藝術的興味	吳道文 著
根源之美	莊　申 著
中國扇史	莊　申 著
立體造型基本設計	張長傑 著
工藝材料	李鈞棫 著
裝飾工藝	張長傑 著
人體工學與安全	劉其偉 著
現代工藝概論	張長傑 著
色彩基礎	何耀宗 著
都市計畫概論	王紀鯤 著
建築基本畫	陳榮美、楊麗黛 著
建築鋼屋架結構設計	王萬雄 著
室內環境設計	李琬琬 著
雕塑技法	何恆雄 著
生命的倒影	侯淑姿 著
文物之美——與專業攝影技術	林傑人 著